KB055741

아오이 by 야가시라 저택

엔쇼 by 난젠지

교토탐정 홈즈 17

모치즈키 마이

차례

야가시라 키요타카

유례없는 감정안과 관찰안 때문에 '홈즈'라고 불리고 있다. 현재는 골동품점 쿠라를 계승하기 전에 바깥세상을 경험해보라는 지시를 받고 수행 중인 몸이다.

마시로 아오이

교토 부립 대학 2학년. 사이타마현 오미야시에서 교토시로 이사와 골동품점 쿠라에서 아르바이트를 시작했다. 키요타카의 지도 아래 감정사로서 소질을 키우고 있다.

야가시라 세이지(오너)

키요타카의 할아버지. 국선 감정인이자 쿠라의 오너.

타키야마 요시에

리큐의 엄마이자 오너의 연인. 미술 관련 회사를 경영하고 일급 건축사 자격도 가진 커리어우먼.

야가시라 타케시(점장)

키요타카의 아버지. 인기 시대소설 작가.

카지와라 아키히토

현재 인기 상승 중인 젊은 배우. 수려한 외모에 익살스러운 면도 있다.

엔쇼

본명 스가와라 신야. 전직 위작자로 키요타카의 숙적이었지만, 우여곡절을 거쳐 지금은 화가의 길을 나아가기로 했는데?

타키야마 리큐

키요타카의 동생뻘. 키요타카에게 지나치게 심취한 나머지 아오이를 싫어한 적도 있었는데……?

마루타마치역
센본길
니조자동차학원
니조성
카라스마길
367
니조역
니조성앞역
오이케길
교토시청
BiVi니조
나카교구청
카라스마 오이케역
산조길
나카교구
호리카와길
산조길
롯카쿠도
교토시청앞역
사가노선
시조길
오미야역
한큐교토선
카라스마역
사이인역
란덴아라시야마본선
시조오미야역
시조역
교토타카시마
미부데라
시치혼마츠길
지하철카라스마선
마츠바라길
고조길
9
1
키요미즈고조역
탄바구치역
고조역
엔쥬지
교토시중앙도매시장
시모교구
1
쇼세이엔
(탱자나무저택)
니시혼간지
히가시혼간지
시치조역
류코쿠대학
교토수족관
우메코지교토니시역
시치조길
시치조대교
24
시모교구청
교토타워
카모강
교토철도
박물관
우메코지공원
교토역
교토선
도카이도신칸센
오미야길
카와라마치길
카라스마길
이온몰
KYOTO
미나미구
토지
킨키철도교토선
토지역
171
쿠조길
쿠조역
1
↓ 쥬조역

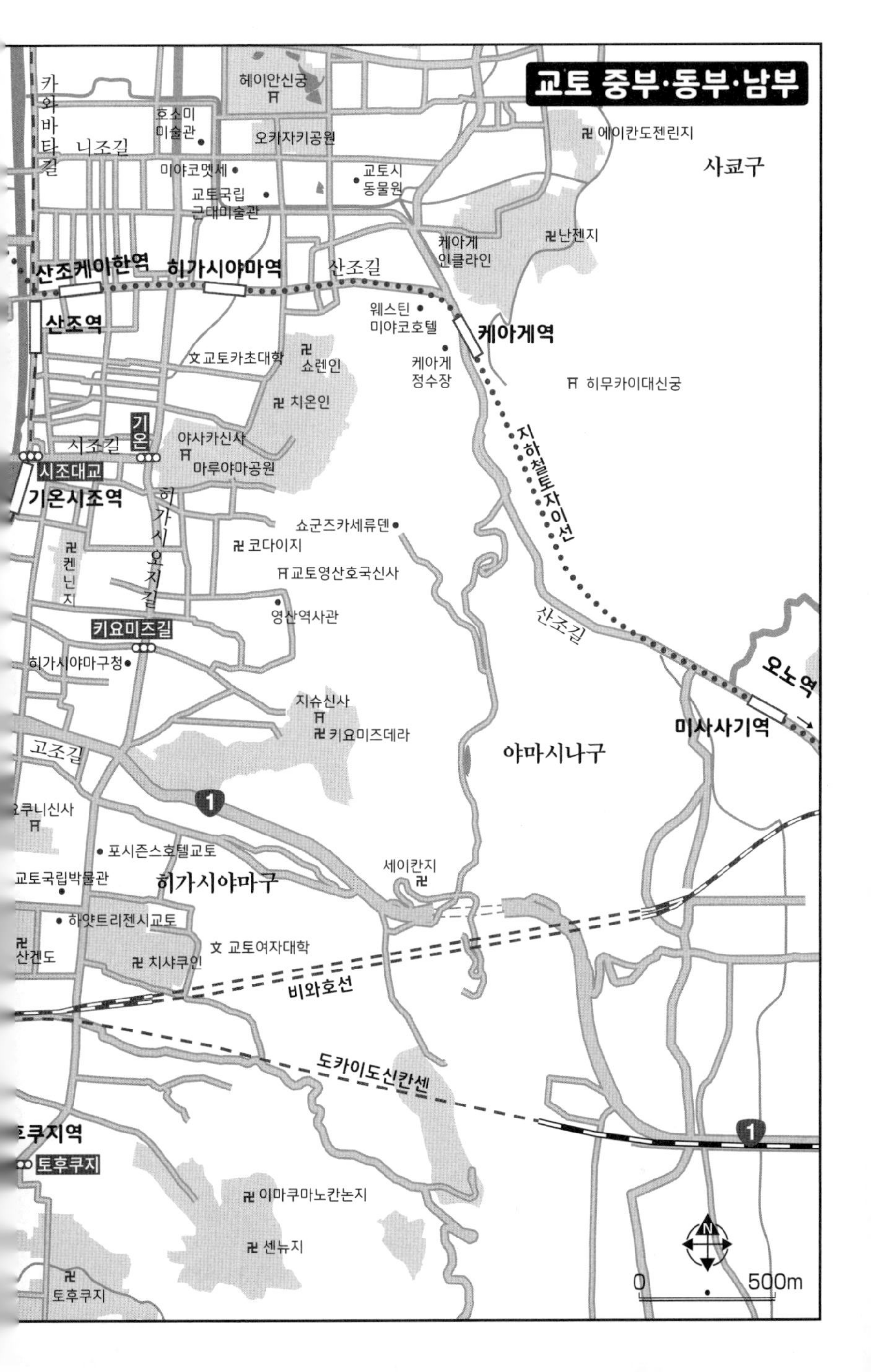

교토 중부·동부·남부
헤이안신궁
호소미 미술관
오카자키공원
카와바타길
니조길
미야코멧세
교토시 동물원
교토국립 근대미술관
에이칸도젠린지
사쿄구
난젠지
케아게 인클라인
산조케이한역
히가시야마역
산조길
산조역
웨스틴 미야코호텔
케아게역
케아게 정수장
교토카초대학
쇼렌인
치온인
히무카이대신궁
기온
시조길
야사카신사
마루야마공원
시조대교
기온시조역
히가시요지길
지하철토자이선
쇼군즈카세류덴
켄닌지
코다이지
교토영산호국신사
영산역사관
키요미즈길
히가시야마구청
산조길
오노역
미사사기역
지슈신사
키요미즈데라
고조길
야마시나구
쿠니신사
포시즌스호텔교토
교토국립박물관
세이칸지
히가시야마구
하얏트리젠시교토
산겐도
교토여자대학
치샤쿠인
비와호선
도카이도신칸센
쿠지역
토후쿠지
이마쿠마노칸논지
센뉴지
토후쿠지
0
500m
N

교토 북부

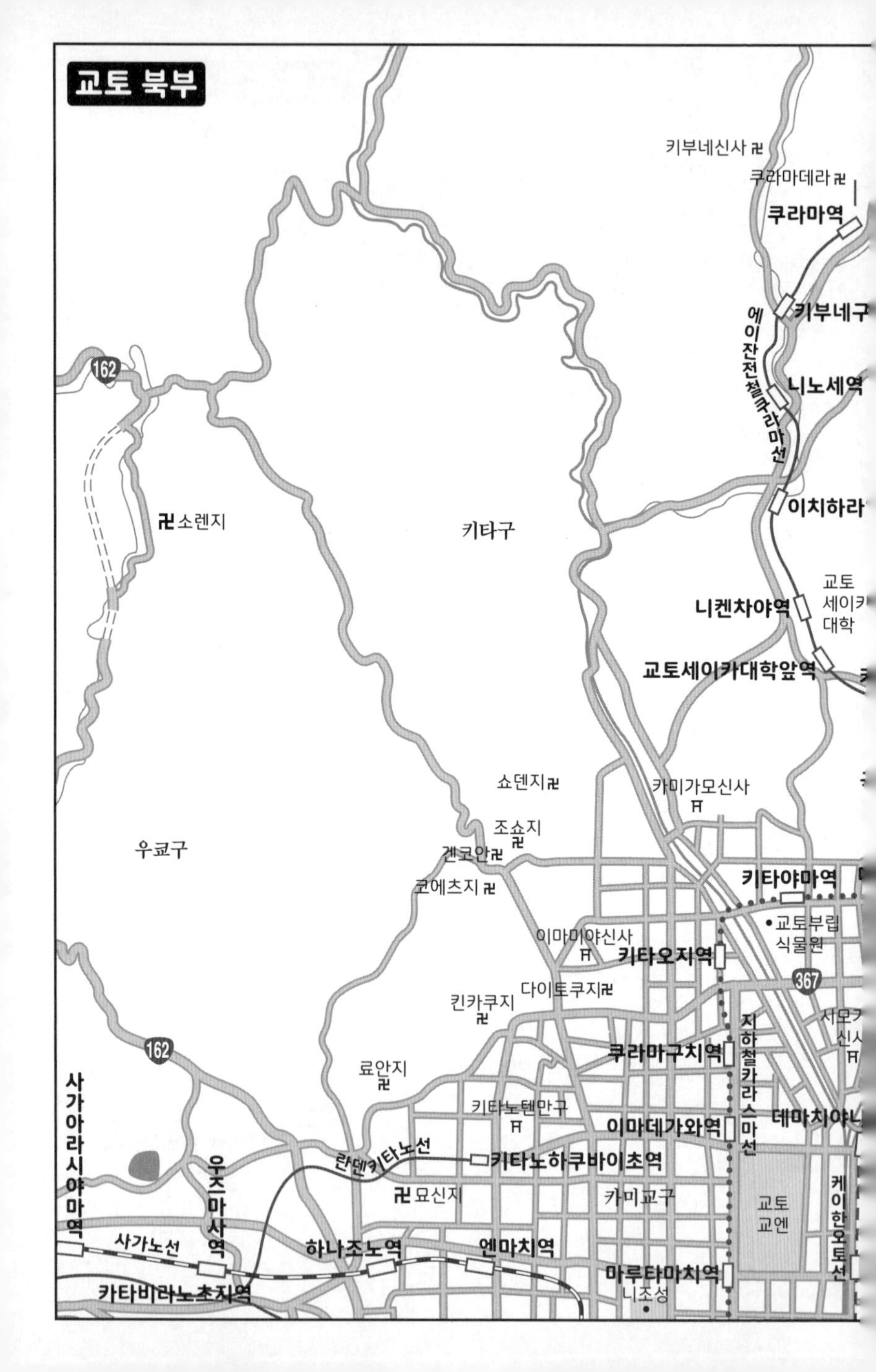

키부네신사
쿠라마데라
쿠라마역
키부네구
에이잔전철쿠라마선
니노세역
162
소렌지
키타구
이치하라
교토
세이카
대학
니켄차야역
교토세이카대학앞역
쇼덴지
카미가모신사
조쇼지
우쿄구
겐코안
키타야마역
코에츠지
교토부립
식물원
이마미야신사
키타오지역
367
다이토쿠지
킨카쿠지
162
쿠라마구치역
료안지
지하철카라스마선
사가아라시야마역
키타노텐만구
데마치야나
이마데가와역
란덴키타노선
키타노하쿠바이초역
우즈마사역
묘신지
카미교구
교토
교엔
케이한오토선
사가노선
하나조노역
엔마치역
마루타마치역
니조성
카타비라노츠지역

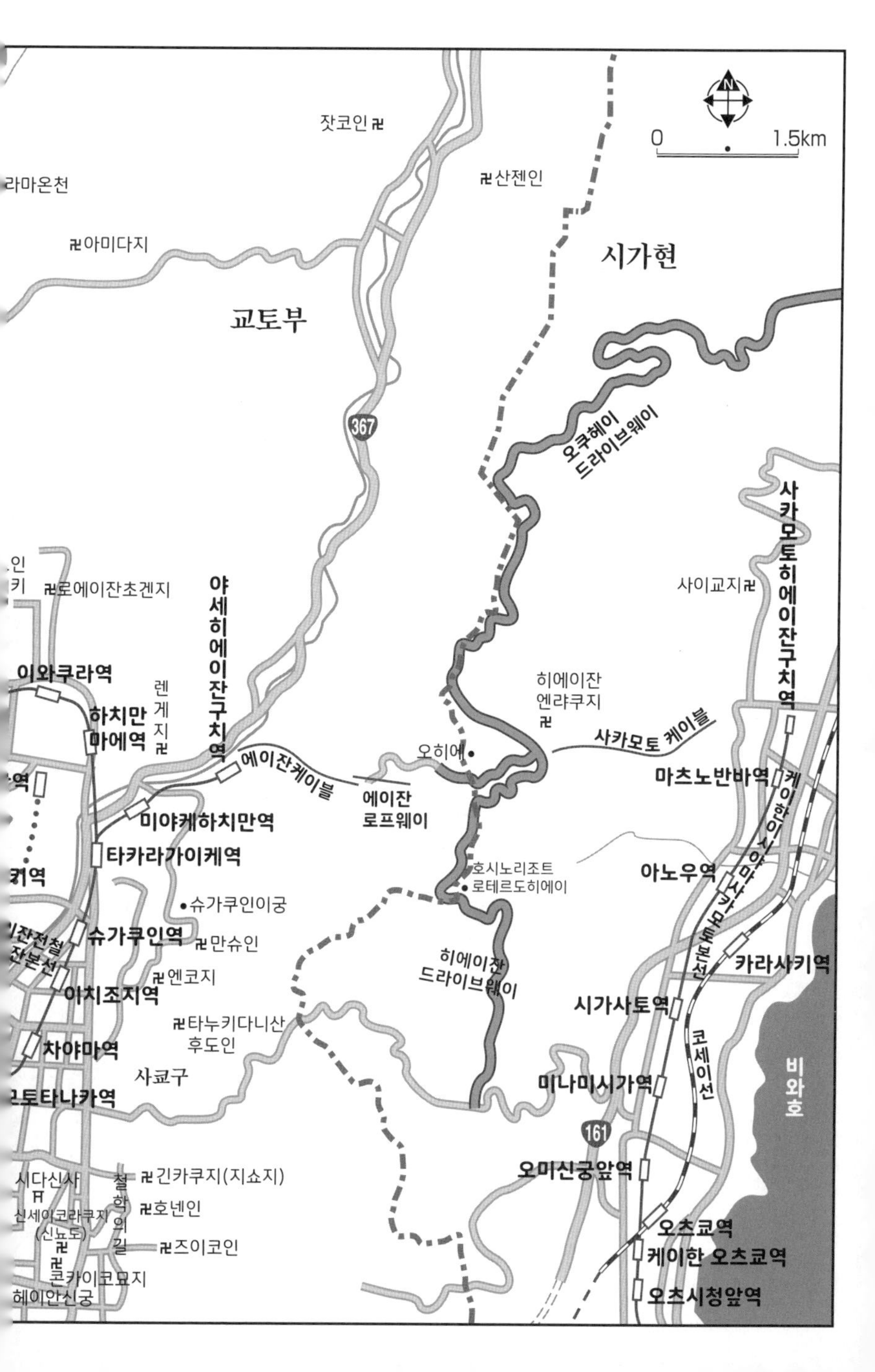

잣코인
0
1.5km
라마온천
산젠인
아미다지
시가현
교토부
367
오쿠히에이 드라이브웨이
사카모토히에이잔구치역
로에이잔초겐지
사이교지
야세히에이잔구치역
이와쿠라역
하치만마에역
렌게지
히에이잔 엔랴쿠지
사카모토 케이블
오히에
에이잔케이블
에이잔 로프웨이
마츠노반바역
케이한이시야마사카모토본선
미야케하치만역
타카라가이케역
호시노리조트 로테르도히에이
아노우역
슈가쿠인이궁
슈가쿠인역
만슈인
카라사키역
엔코지
히에이잔 드라이브웨이
이치조지역
시가사토역
타누키다니산 후도인
코세이선
차야마역
사쿄구
비와호
미나미시가역
161
오미신궁앞역
긴카쿠지(지쇼지)
시다신사
철학의길
호넨인
신세이코라쿠지 (신뇨도)
즈이코인
오츠쿄역
콘카이코묘지
케이한 오츠쿄역
헤이안신궁
오츠시청앞역

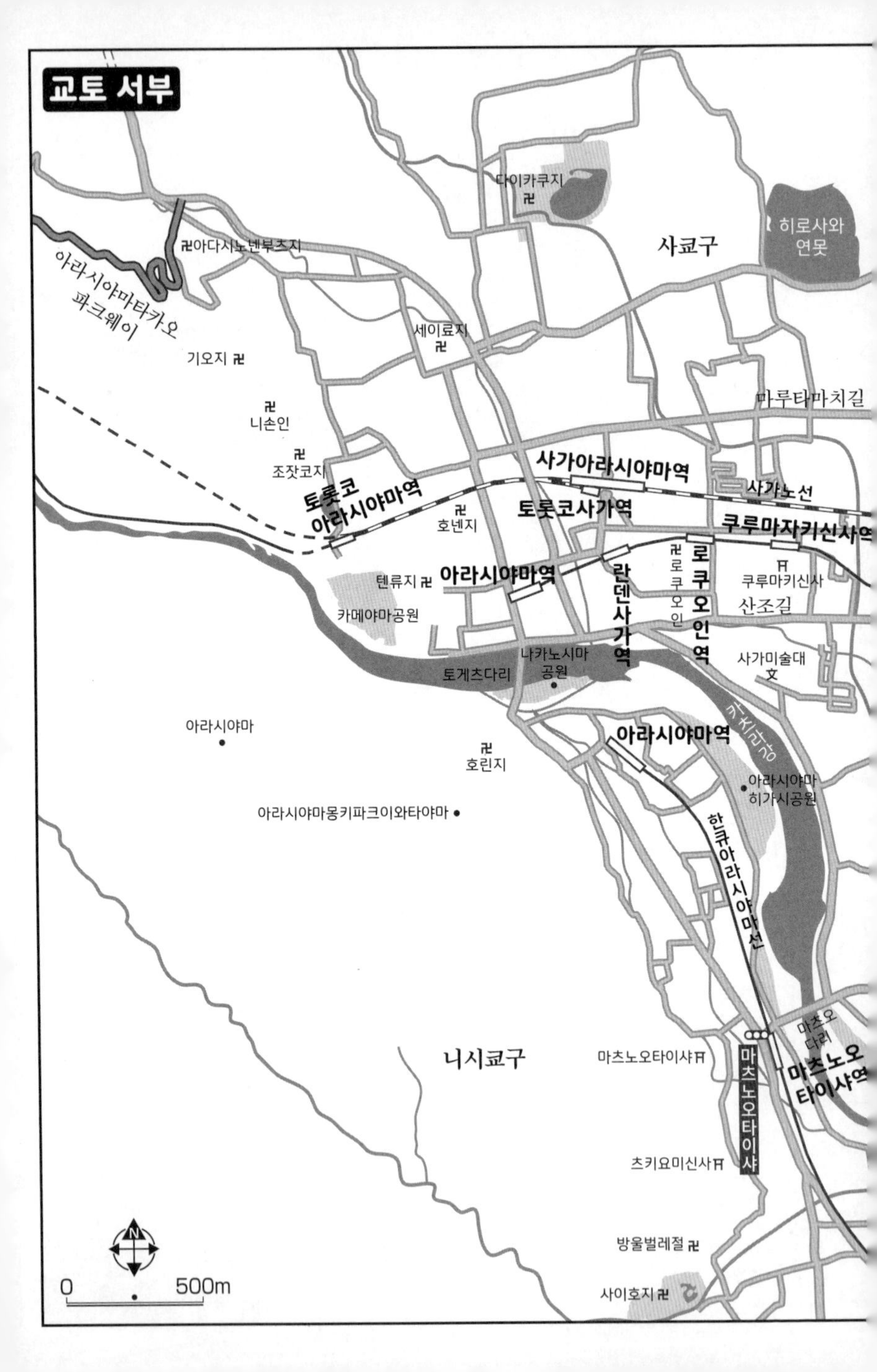

교토 서부
다이카쿠지
히로사와 연못
사쿄구
아다시노넨부츠지
아라시야마타카오
파크웨이
세이료지
기오지
니손인
마루타마치길
조잣코지
사가아라시야마역
사가노선
토롯코
아라시야마역
호넨지
토롯코사가역
쿠루마자키신사역
아라시야마역
란덴사가역
로쿠오인
로쿠오인역
쿠루마키신사
텐류지
산조길
카메야마공원
나카노시마
공원
토게츠다리
사가미술대
아라시야마
아라시야마역
카츠라강
호린지
아라시야마
히가시공원
아라시야마몽키파크이와타야마
한큐아라시야마선
마츠오
다리
니시쿄구
마츠노오타이샤
마츠노오
타이샤역
마츠노오타이샤
츠키요미신사
방울벌레절
사이호지
N
0
500m

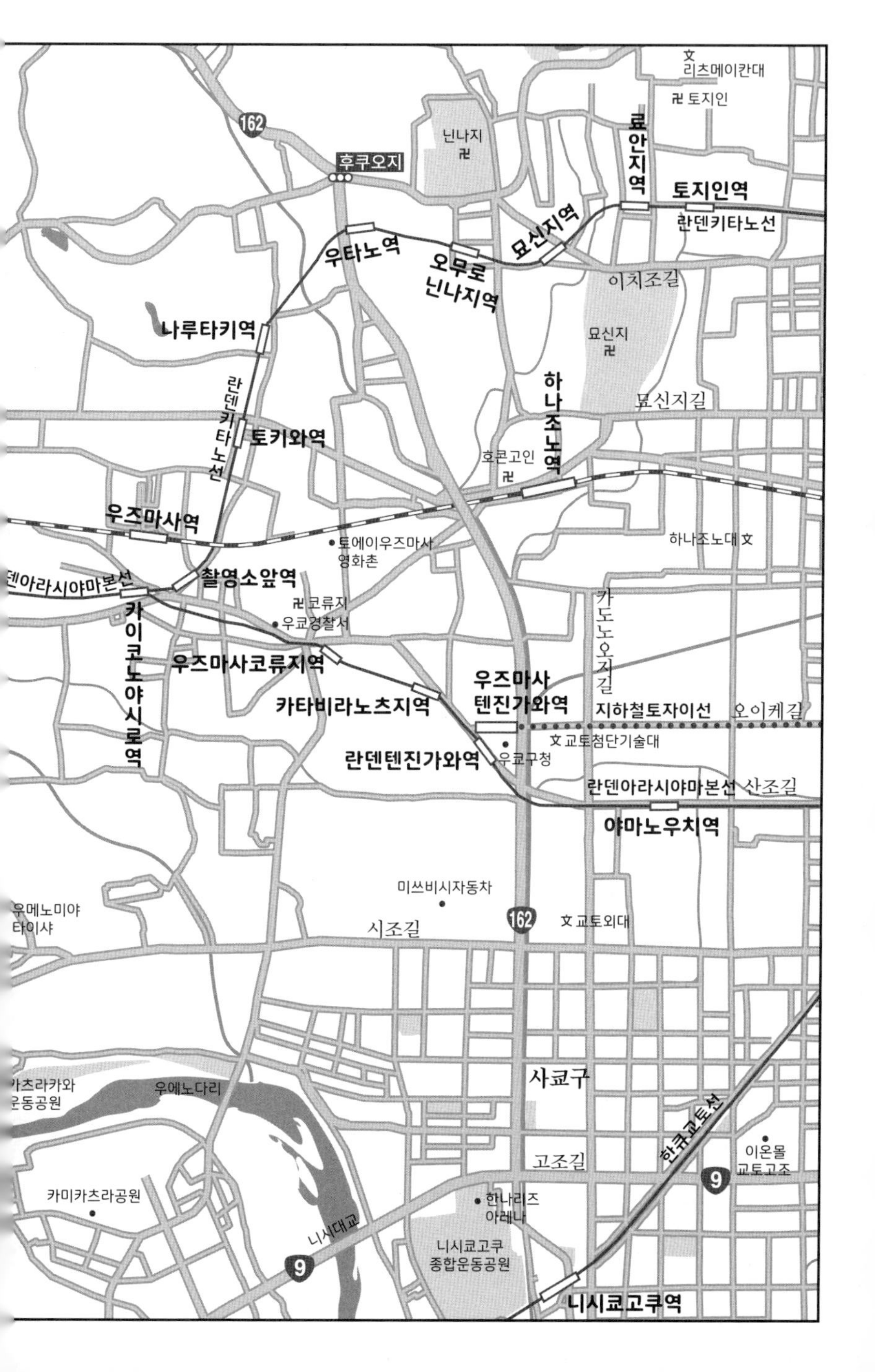

162
후쿠오지
닌나지
리츠메이칸대
토지인
료안지역
토지인역
란덴키타노선
묘신지역
우타노역
오무로
닌나지역
이치조길
나루타키역
묘신지
란덴키타노선
토키와역
하나조노역
묘신지길
호콘고인
우즈마사역
토에이우즈마사
영화촌
하나조노대
란덴아라시야마본선
촬영소앞역
카이코노야시로역
코류지
우쿄경찰서
카도노오지길
우즈마사코류지역
카타비라노츠지역
우즈마사
텐진가와역
지하철토자이선
오이케길
교토첨단기술대
우쿄구청
란덴텐진가와역
란덴아라시야마본선
산조길
야마노우치역
미쓰비시자동차
우메노미야
타이샤
162
교토외대
시조길
카츠라카와
운동공원
우에노다리
사쿄구
한큐교토선
이온몰
교토고조
고조길
9
카미카츠라공원
한나리즈
아레나
니시대교
니시쿄고쿠
종합운동공원
9
니시쿄고쿠역

프롤로그

"나는 토모카 씨와 사다라는 남자를 결혼시키고 싶지 않아요. 둘의 사이를 갈라놓고 싶어요."

단호하게 내뱉은 전통옷 차림의 부인을 앞에 두고 나와 엔쇼(본명 스가와라 신야)는 말없이 서 있었다.

기분 탓인지 사무소의 온도가 내려간 것 같다. 그것은 그녀가 자아내는 차가운 분위기 탓이리라.

——갑자기 이야기를 시작해서 면목이 없다.

내 이름은 코마츠 카츠야, 탐정이다.

……한 번쯤 이런 자기소개를 해보고 싶었기 때문에 조금 기쁘다.

하지만 실제로는 소설이나 TV에서 활약하는 탐정과 전혀 달라서, 주요 업무는 소행 조사다.

특기는 인터넷을 이용한 수사. 그래서 최근에는 인터넷으로 비방하는 사람을 특정해달라는 일도 늘어나고 있다. 이런 시대라는 것을 실감했다.

그래도 탐정 일만으로는 먹고살기가 힘들어서 최근에는 부업으로 게임 프로그래밍 등도 맡고 있다.

이게 본업보다 돈이 되기 때문에 복잡한 기분이다.

여기서 변명을 하나 하고 싶다.

경영이 어려운 것은 사무소의 세가 비싼 것도 관계가 있다.

우리 코마츠 탐정 사무소는 기온——키야마치 시조 남쪽에 있다.

마치야를 개조한 정취 있는 건물로, 마음에는 들지만 유감스럽게도 세가 비싸다. 입지를 보면 어쩔 수는 없지만…….

그런 곳을 빌리지 않으면 되는 거 아니냐고 몇 사람이 물어보았다. 나도 그렇게 생각한다. 원래 이 마치야는 의뢰인의 집이고 빌려줄 사람을 찾고 있었기 때문에 어쩌다 보니 빌리는 흐름으로 흘러갔다.

그 무렵 나는 교토에서 일어난 큰 사건을 해결로 이끌었다고 화제가 된 덕분에 의뢰가 계속해서 밀어 닥치는, 이른바 거품 상태였다.

그래서 기온에 사무소를 차리는 것도 괜찮을지도 모른다고 우쭐대고 말았다.

그러나 수도 없이 반복되는 역사가 가르쳐주듯이 이 세상은 제행무상.

실제로 큰 사건을 직접 해결한 것은 내가 아닌데 그 혜택만을 받으며 거품이라고 들떴으니 순식간에 매출이 떨어진 것도 어쩔 수 없는 일이리라. 영고성쇠란 이런 것이다.

사건을 해결한 것은 수완가 미청년 야가시라 키요타카다.

키요타카는 감정사로, '견습'이라 자칭하지만 누구의 눈으로 봐도 훌륭한 프로. 그는 유례없는 감정안과 관찰안 때문에 '교토 테라마치 산조의 홈즈'라는 별명을 가지고 있었다.

실제로 홈즈라고 불리는 사람답게 탐정으로서의 스킬은 탐정이 본업인 나보다 높을 것이다. 분하지만 말이다.

그런 키요타카는 할아버지이자 스승인 국선 감정인 야가시라 세이지가 자신의 뒤를 본격적으로 잇기 전에 견문을 넓히라는 지시를 내려서 이곳저곳으로 수행을 나가 있었다.

뭐, 수행이라기보다 파견이라고 하는 편이 정확할 것이다.

키요타카는 머리 회전이 빠르고 재치가 넘치며 남보다 빨리 움직인다. 그런 그는 어디를 가도 일을 실수 없이 처리하고 활약해서 감사를 받고 있는 듯했다.

옆에서 보고 있으면 '어디가 수행이지? 도우미 아냐?'라고 마음속으로 태클을 걸고 싶어질 정도다.

그런 도우미가 놀랍게도 우리 코마츠 탐정 사무소로 오게 됐다.

여기도 와달라고 신청은 했지만 수많은 후보 중에서 설마 뽑힐 줄은 몰라서 정말로 온다는 사실을 알았을 때는 놀랐다.

'코마츠 씨에게는 신세를 많이 지기도 했고, 저만 신세를 질 수는 없잖아요.'

키요타카는 부드럽게 미소 지으며 그렇게 말했지만 신세를

진 건 어떻게 생각해도 이쪽이다.

코마츠 탐정 사무소는 키요타카네 할아버지의 가게——골동품점 쿠라에서 걸어서 갈 수 있는 거리다.

여기를 수행지로 삼은 것은 그에게 여러모로 편했기 때문이리라.

그것을 알아차린 나는 내키는 대로 드나들어도 좋다고 말했다.

처음 사무소에 왔을 때 놀란 것은 키요타카가 자신의 임시 제자라는 전직 위작자 엔쇼와 동행한 점이다.

엔쇼는 이미 위작 제작에서 손을 털고 제대로 죗값을 치른 후 야가시라 세이지와 마찬가지로 유명한 야나기하라 시게토시의 제자로 들어가 지금은 견습 감정사라고 한다.

그 야나기하라 씨가 공부를 위해서 키요타카와 행동을 함께하라고 조언했다고 한다.

과거에는 감정사와 위작자였던 관계이자 라이벌 사이.

두 사람이 견원지간인 것은 같은 길을 걷게 된 다음에도 변함없었다. 엔쇼는 늘 키요타카에게 반항적이라 사무소에서 항상 시시한 승강이가 펼쳐졌다.

키요타카와 엔쇼의 사이에 끼어서 나는 위가 아픈 듯한 기분이 들었지만, 두 사람이 오고 나서 사무소는 단숨에 활기를 띠었다.

키요타카가 기온의 지인을 소개해준 덕분에 교우 관계도 넓어졌다.

셋이서 자잘한 사건도 해결해서 지금은 내가 동네를 산책하기만 해도 '어머, 코마츠 씨. 안녕하세요' '순찰 중이에요? 고마워요' 등의 농담을 섞어 말을 걸어줄 정도까지 됐다.

이렇게 코마츠 탐정 사무소는 과거의 거품 시절까지는 아니지만 어떻게든 돌아가게 됐다.

그 무렵이다.

상하이의 대부호 지우 지페이 씨의 딸 지우 이린이 사무소를 찾은 것은——.

키요타카는 감정사로서 상하이에 초대받았고 엔쇼가 거기에 동행, 게다가 어째선지 나도 초대받았다.

상하이에서도 온갖 일이 있었다.

엔쇼는 쌓인 불만을 터뜨리고 키요타카를 떠났고, 그런 키요타카에게 키쿠카와 시로가 뉴욕에 있는 마시로 아오이를 인질 삼아 어떤 그림을 훔쳐오라고 강요했다.

이런저런 일이 있었지만 문제는 모두 어떻게든 정리되고 결과적으로 키쿠카와는 체포, 키요타카는 아오이를 지켜냈다.

아니, 아오이를 지킨 것은 키요타카뿐만이 아니다.

엔쇼도 그럴 것이다.

아오이를 구하기 위해서 엔쇼는 붓을 들어 단기간에 멋진 그림을 완성시켰다.

그 후 엔쇼는 감정사가 아니라 화가로서 살아가는 길을 선택했다.

틀림없이 사무소에서도 떠나 어딘가로 가겠다고 생각했지만 우리 사무소의 2층을 빌리고 싶다고 요청해왔다.

엔쇼에게 그 말을 들었을 때는 당황했지만 평소 비싼 세로 고민하고 있던 몸으로서는 불감청고소원(不敢請固所願)이었다. 기온에서 떠날 생각도 얼핏 하고 있었기 때문에 엔쇼가 하숙해준다면 고마웠다.

이제부터 심기일전해서 다시 이 기온에서 탐정 일을 열심히 하자!

……라고 말하고 싶었지만 최근 들어서 부업인 프로그래밍 일이 들어왔다.

납기가 정해져 있기 때문에 나는 탐정 일을 일시 휴업하고 부업에 전념하기로 결정했고, 그동안 키요타카는 쿠라로 돌아가 가게 업무를 보게 됐다.

타도코로 아츠코가 사무소를 찾아온 것은 그때였다.

아츠코는 기온에서 꽃꽂이 교실을 열면서 한편 합법적인 비밀 클럽을 경영하고 있는 50대 여성이다. 일의 성격상 싱그러움과 요염한 아름다움을 겸비했다.

아츠코와는 어떤 사건을 통해 알게 됐고, 지금은 동네에서 지나치면 발걸음을 멈추고 담소를 나누는 정도로 친해졌다.

그런 그녀는 내가 탐정 일을 쉰다는 것을 알고 키요타카가 있는 쿠라를 찾았다.

그때 그녀는 자신의 꽃꽂이 교실의 학생 아사이 토모카를 데리고 갔다고 한다.

그 학생이 키요타카에게 이런 의뢰를 했다.

'약혼자의 바람 조사를 하고 싶어요.'

의뢰인인 아사이 토모카는 20대 중반의 아름다운 여성으로, 띠동갑인 약혼자가 있다.

그 약혼자의 낌새가 이상하다. 어쩌면 바람을 피우고 있을지도 모른다는 이야기였다.

토모카가 말하기로는 자신에게 아까울 만큼 멋진 사람이자 몇 번이나 대시해 겨우 교제에 이른 상대라고 한다.

바람을 의심하는 이유는 무언가가 이상하다는 여자의 감이라고 한다. 하지만 거기에 확신에 가까운 마음을 품고 있는 건 토모카의 생일날 일이 바쁘다며 만나주지 않았던 것이 원인이었다고 한다.

그녀 나름대로 조사해보고 그날 그가 일을 하지 않았다는 사실을 알았다고 했다.

침울한 토모카를 앞에 두고 키요타카는 만약 이대로 관계를 유지하고 싶다면 탐정에게 소행 조사를 의뢰하지 말고 스스로 움직이는 편이 낫다고 말했다.

결코 그와 헤어지고 싶지 않았던 토모카는 거기에 따랐다.

아츠코는 토모카의 반응에 '정말 괜찮아?'라고 유감스럽다는 듯이 말했다고 한다.

그 모습을 보고 있던 키요타카는 뭔가 이상하다고 느꼈다고 한다.

키요타카는 바로 토모카의 약혼자가 그녀의 생일날에 무엇을 하고 있었는지 조사해달라고 내게 부탁했다.

조사한 결과 토모카의 약혼자는 그날 가게를 닫고 집에 틀어박혀 있었던 것 같다. 하지만 그 전날 다른 누구도 아닌 타도코로 아츠코와 함께 있었던 것을 알 수 있었다.

가게에 있던 사람의 증언에 의하면 아츠코는 약혼자에게 '당신은 토모카에게 어울리지 않으니까 헤어지는 게 어떠냐'라는 말을 하고 있었다고 한다.

왜 헤어지게 하고 싶은 걸까…….

토모카가 자신에게는 아깝다고 했던 약혼자.

틀림없이 배우 같은 미청년을 상상했지만 실제로는 땅딸막하고 통통하며 착해 보이는 남성이었다.

이탈리안 레스토랑의 셰프 겸 오너로, 휴일에는 봉사활동에 힘쓰고 있는 착한 사람이다. 토모카가 한 '자신에게 아깝다'는 말은 외모가 아닌 내면을 가리킨 듯했다.

한 가지 생각할 수 있는 것이 있었다.

아츠코는 이번에 기온에 두 번째 점포가 될 고급 클럽을 연다고 한다.

남성을 외모로 판단하지 않고 아름다우며 마음씨도 고운 토모카를 스태프로 삼고 싶다고 생각해 두 사람을 헤어지게 하려는 것일지도 모른다.

그건 그렇지만――.

"하지만 실력 좋은 아가씨를 가게 스태프로 삼으려고 남자와 헤어지게 하려는 사람으로는 안 보이는데……."

본심은 이렇다.

키요타카도 '가능성은 있지만 토모카 씨를 가게 스태프로 삼기 위한 획책이라면 지나친 것 같네요'라고 했다.

하지만 엔쇼는 단호했다.

"글쎄? 그 아지매는 자기가 원하는 거라면 어떤 수를 써서든 손에 넣는 타입이라서."

"아니, 그건 말이 지나치잖아."

그렇게 엔쇼와 둘이 대화를 나누는 차에 아츠코가 찾아왔다.

——이렇게 긴 회상이 되었는데, 지금 이 코마츠 탐정 사무소에는 나 코마츠 카츠야와 엔쇼, 그리고 타도코로 아츠코가 있다.

그녀는 "안녕하세요"라고 말하면서 미소 짓고 있지만 눈은 웃고 있지 않았다.

잠시 잡담을 나눈 후 그녀는 본론으로 들어갔다.

"키요타카 씨에게 토모카 씨에 대해 들었죠?"

"아, 네. 바람 조사를 부탁하셨죠?"

맞아요, 하고 아츠코는 무릎 위에서 손을 포갰다.

"돌려서 말하지 않을게요."

네? 하고 나는 되물었다.

여기서 서론의 그 말이 튀어나왔다.

"나는 토모카 씨와 사다라는 남자를 결혼시키고 싶지 않아요. 둘의 사이를 갈라놓고 싶어요."

이때의 나는 아츠코의 말의 뒤에 숨겨진 진실을 눈치채지도 못한 채 그저 크게 눈을 뜨고 그녀를 마주 바라보고 있었다.

*

같은 시간, 골동품점 쿠라에도 손님이 있었다.

딸랑딸랑, 하고 도어벨이 울리며 점내에 발을 들인 청년을 보고 나——마시로 아오이와 홈즈 씨 즉 야가시라 키요타카 씨는 놀란 얼굴로 문으로 시선을 돌렸다.

"안녕하세요."

청년은 조심스레 인사를 했다.

"어서 오세요, 하루히코 씨."

홈즈 씨와 내 목소리가 겹쳤다.

그의 이름은 카지와라 히루히코 씨.

우리와 친한 배우 카지와라 아키히토 씨의 동생이다.

저번에 그는 자기 출생의 비밀을 알고 큰 충격을 받았지만 많은 일을 겪은 후 문제는 해결되었다.

소동 후 하루히코 씨의 모습을 보지 못해서 걱정했지만 지금 하루히코 씨를 보니 명랑하고 밝은 분위기였다.

이전과 다르지 않은 그의 모습에 나는 안도했다.

"홈즈 씨, 요전에는 정말 감사했습니다. 저희 집 문제에 말려들게 해서 죄송합니다."

하루히코 씨는 미안한 듯한 표정으로 머리를 숙였다.

아닙니다, 하고 홈즈 씨는 미소 짓고 "자, 앉으세요" 하고 그에게 카운터 앞 의자를 향해 손을 뻗어 앉으라고 제안했다.

하루히코 씨는 실례합니다, 하고 의자에 앉았다.

"앗, 이거 선물이에요."

하루히코 씨는 그렇게 말하고 카운터에 과자 상자를 놓았다.

감사합니다, 하고 홈즈 씨는 상자를 들고 기쁜 듯이 활짝 웃었다.

"아아, 이건 '코게츠'의 '센주 센베'네요."

코게츠는 교토에서 유명한 교토 과자 가게다.

나는 살짝 몸을 내밀며 물었다.

"혹시 신오미야의 코게츠 말인가요?"

그래, 하고 하루히코 씨는 미소 지으며 고개를 끄덕였다.

코게츠의 신오미야점은 후나오카 산 구역 활성화 프로젝트에 협력하고 있다.

"프로젝트에 협력하고 있는 가게가 꽤 있고, 또 어디나 맛있어서 고민했지만, 이번에는 일단 오래 보존할 수 있는 걸 사자고 생각했어."

하루히코 씨는 그렇게 이어 말했다.

"센주 센베는 저도 아주 좋아해서 기쁩니다. 커피를 타겠습니다. 아오이 씨도 쉬죠."

홈즈 씨는 그렇게 말하고 탕비실로 들어갔다.

"──그건 그렇고 아키히토 씨의 책임 전가에는 놀랐습니다."

홈즈 씨는 커피와 카페오레가 든 머그컵을 나와 하루히코 씨 앞에 놓으며 말했다. 머그컵은 이제는 친숙한 쿠라 전용 터퀴즈 컬러의 것이다.

카페오레는 하루히코 씨를 위해 탔다.

그는 블랙커피를 잘 못 마신다고 한다.

하루히코 씨는 그것 참, 하고 머리를 긁적였다.

"거듭 죄송합니다. 홈즈 씨는 민폐였다고 생각하시겠지만 그건 형이 생각을 거듭해 떠올린 '최선의 방법'이었어요."

하루히코 씨의 단언에 커피를 마시려 하던 나는 손동작을 멈추었다.

홈즈 씨도 움직임을 멈추고 살짝 흥미로운 눈빛을 보였다.

"최선의 방법……."

"네. 자신들의 어중간한 해석으로 전하는 것보다 당신이 전하는 게 낫다고 생각했다더라고요. 형은 철저하게 홈즈 씨를 가족처럼……, 아니, 어쩌면 가족 이상으로 믿고 있는 것 같아요."

"그건 영광입니다만……."

아무리 신용 받아도 그런 책임 전가는 사양하고 싶을 것이다.

복잡한 듯이 어깨를 으쓱거린 홈즈 씨를 보고 나와 하루히코 씨는 볼에 힘을 풀었다.

"그 뒤에는 진정됐나요?"

"네, 모두 받아들일 수 있었어요. 다시금 저는 축복받았다고 실감했어요."

참 다행입니다, 하고 홈즈 씨는 부드럽게 웃었다.

"그런데 이번 일로 카오리 씨와의 거리가 한층 가까워진 것 같던데요?"

아무렇지 않게 홈즈 씨가 핵심을 건드려서 옆에 있던 나는 무심코 헛기침을 했다.

홈즈 씨의 말대로 출생의 비밀에 관한 사건 때문에 내 절친 미야시타 카오리와 하루히코 씨의 관계는 진전되었다.

어중간하게 진실을 알고 충격을 받은 하루히코 씨에게 카오리가 달려가 힘차게 고백을 했기 때문이다.

하지만 두 사람은 그 후 교제를 시작하지 않았다.

하루히코 씨가 이렇게 말했다고 한다.

'카오리 씨가 그때 해준 말은 정말 기뻤어. 하지만 아직 내 마음을 알 수 없어서 뭐랄까, 사귄다거나 하는 결론을 지금 당장은 낼 수 없을 것 같아.'

그렇게 말하는 하루히코 씨에게 카오리는 대답했다.

'그런 건 신경 안 써요. 저도 제 마음을 알 때까지 시간이 걸려 힘들었으니까 결론이 바로 나기를 바라진 않아요. 지금까지와 마찬가지로 즐겁게 지내면 기쁘다고 생각해요.'

그런고로 결국 지금까지와 다르지 않은 상태인 듯했다.

카오리는 거기에 불만을 가지고 있지도 않다.

그러기는커녕——.

'하루히코 씨와 있으면 부드러운 기분이 드니까 그것만으로도 충분하다. 내는 지금 파스텔컬러의 세계에 있는 것 같데이.'

그렇게 말했을 정도니까 현 상황에 만족하고 있는 것이리라.

하지만 하루히코 씨는 어떻게 생각하고 있는지 나로서는 신경 쓰였다.

그런 때 홈즈 씨가 대놓고 파고들었으니 기침이 나오는 것도 당연하다.

나는 손수건으로 입을 닦은 후 카운터를 사이에 두고 맞은편에 있는 하루히코 씨에게 시선을 향했다.

그의 얼굴이 새빨개져 있어서 나는 놀랐다.

"아니, 그게…… 가까워지지 않은 건 아닌데요."

게다가 횡설수설했다.

"그런가요? 마음이 아주 잘 맞는 것 같아서 좋은 분위기라고 생각했습니다."

"……네. 저도 마음이 맞는다고 생각해요."

하루히코 씨는 시선을 돌리며 웅얼거렸다.

"카오리 씨의 마음은 알고 계시는 거죠?"

"네……. 뭐, 그 소동 때……."

하루히코 씨는 미적지근한 모습으로 애매하게 고개를 끄덕였다.

나는 아무 말 하지 않고 얼굴을 가리듯이 머그컵을 입으로 가져갔다.

홈즈 씨는 흐음, 하고 팔짱을 꼈다.

"혹시 달리 신경 쓰이는 사람이 있으신 건가요?"

그러자 하루히코 씨는 튕겨나듯이 얼굴을 들었다.

"어, 어떻게 아셨어요?"

하루히코 씨의 대답에 내 심장이 불길한 소리를 냈다.

카오리는 사랑에 상처받아 새로운 사랑에 발을 내딛지 못한 채 망설여왔다.

그런 가운데 겨우 솔직하게 좋아한다고 생각하는 사람——하루히코 씨를 만났다.

가능하면 더 이상 카오리가 상처받지 않았으면 한다.

내 그런 생각을 아는지 모르는지 홈즈 씨는 평소처럼 담담한 기색이었다.

"카오리 씨에 대해 잘 알고 마음도 맞는다고 생각한다. 그럼에도 불구하고 걸음을 내딛지 못한다면 뭔가 당신을 막는 것이 있을 것이라고 생각했습니다."

하루히코 씨는 잘 파악하셨네요, 하고 곤란한 듯이 이마에 손을 댔다.

"하지만 '달리 신경 쓰이는 사람'과는 또 좀 달라요."

"조금 달라요?"

무슨 소리인지 이해하지 못하고 나는 미간에 주름을 지었다.

한편 홈즈 씨는 바로 감이 온 듯했다.

"혹시 전 여자친구인가요?"

하루히코 씨는 입을 다물고 잠시 사이를 둔 후 "네" 하고 고개를 끄덕였다.

"메구로 선배를……."

무심코 그렇게 중얼거린 내게 그는 가만히 고개를 끄덕였다.

하루히코 씨는 전에 카오리가 소속된 플라워 어레인지먼트 서클의 선배 메구로 아카리 씨와 사귀고 있었다. 애초에 카오리와 하루히코 씨가 친해진 것은 여자친구에게 이별을 선고받은 그가 카모 강변에서 울고 있는 모습을 카오리가 목격한 게 계기였다.

역시 그랬군요, 하고 홈즈 씨는 중얼거렸다.

"네. 의욕이 아주 넘칠 때 차인 것도 영향이 있다고 생각해요. 괴로운 마음을 씻기 위해 여러 일에 도전했지만 무심코 떠올리고 말아서요."

거기까지 말하고 하루히코 씨는 휴우, 하고 한숨을 토했다.

"이런 건 나약하고, 이제 앞으로 나아가야 한다고 생각하고 있어요. 하지만 이런 상태에서 카오리 씨의 손을 잡는 건 여자친구를 잊기 위해 이용하는 것 같아서 싫습니다."

천장을 올려다보듯이 시선을 보내며 이야기하는 하루히코 씨를 보면서 나는 안심했다.

사귀던 사람을 간단히 잊을 수 없는 것은 어쩔 수 없는 일이고, 이 상태로 카오리의 손을 잡고 싶지 않다는 말은 무척 하루히코 씨다운 것 같다.

"하루히코 씨는 성실한 사람이네요."

내가 그렇게 말하자 하루히코 씨는 놀란 듯이 눈을 크게 떴다.

"어? 그런가?"

홈즈 씨도 네, 하고 동의했다.

"치사한 남자라면 얼른 손을 잡았을 겁니다. '예전 사랑을 잊으려면 다음 사랑'이라는 말도 있고요."

"아니, 그렇게 약삭빠르지가 못해요. 실제로 저도 어떻게 해야 좋을지 알 수 없어서요……."

"뭐, 그건 시간이 해결해줄 겁니다."

"그렇다면 다행인데요……."

하루히코 씨는 갑자기 부끄러워졌는지 그렇지, 하고 손뼉을 쳤다.

"모처럼 사왔으니 센주 센베를 드셔보세요."

아직 선물에 손을 대지 않은 우리를 보고 하루히코 씨는 말했다.

그럼 잘 먹겠습니다, 하고 홈즈 씨는 상자를 조심스레 열고 하나를 손에 들었다.

센주 센베는 물결 모양의 바펠(독일어로 와플) 생지 사이에 슈거 크림이 들어간 새로운 타입의 화과자다.

나도, 하고 손에 들며 물결처럼 구불거리는 센베로 시선을 떨어뜨렸다.

"실은 저 이름은 알고 있었지만 먹는 건 처음이에요."

잘 먹겠습니다, 라고 중얼거리고 입으로 가져갔다.

아주 아삭했다. 쿠키와 비슷한 식감이지만 더 가볍고 사이에 있는 슈거 크림의 단 맛이 진하지 않았다.

화과자이지만 차는 물론 커피나 홍차와의 조화도 좋으리라.

"아, 이거 맛있어요. 정말 좋아요."

내가 감격해 입에 손을 댔다.

"코게츠(鼓月)라는 상호에는 '치면 울리는 북에 마음을 실어 그 이름 널리 중천에 울리고 달에도 닿아라'라는 소원이 들어 있다고 합니다. 그런 코게츠의 대표적인 화과자는 아오이 씨에게 울리고 닿았네요."

그러자 홈즈 씨는 이렇게 말하고 후훗, 하고 웃었다.

"그런 의미가 있었어요? 멋진 상호네요."

참고로 센베의 중앙에는 어떤 물체의 실루엣이 그려져 있다. 이것은 학이 날고 있는 모습이라고 한다. 천년의 축복을 바라서 '센주(千壽)'의 이름이 붙었다고 홈즈 씨는 이야기해주었다.

"이거 학이었군요……."

내가 센베를 확인하고 얼굴을 들자 하루히코 씨의 눈이 동그래져 있었다.

"하루히코 씨, 왜 그러세요?"

"아, 아니. 홈즈 씨가 뭐든 아는 데 놀라서. 설마 과자에 대해서도 환하다니."

어쩌다보니 그렇게 됐습니다, 라며 홈즈 씨는 어깨를 으쓱거렸다.

"뭐랄까요, 제 지식은 심하게 치우쳐서요."

확실히 그는 지역을 사랑해서 교토에 관한 지식이 풍부하다.

하지만 다른 것도 잘 아니까 치우쳤다고 하기는 힘들 것이다.

무슨 말을 하는 건가 싶어서 나와 하루히코 씨는 무심코 얼굴을 마주 보았다.

마음을 다잡은 듯이 하루히코 씨도 하나를 입으로 가져갔다.

"하지만 센주 센베를 기꺼이 받아주셔서 다행이에요. 그런데 코게츠도 역사가 오래된 가게인가요?"

"코게츠는 2차 대전 후 창업했을 겁니다."

하루히코 씨는 아하, 라고 중얼거리고 쿠라의 안을 둘러보았다.

"참고로 이 쿠라는 언제부터 여기 있었나요?"

"원래 가게는 지금의 야가시라 저택 근처에 있었다고 하는데, 여기에 개점한 건 다이쇼 8년――1919년 새해라고 합니다."

그 말에 나는 눈을 크게 떴다.

"1919년 새해라면 벌써 개점 백 년 기념일이 지났네요?"

홈즈 씨도 지금 깨달았는지 아아, 하고 손뼉을 쳤다.

"정말이네요."

"백 년을 맞이한 축하로 기념품을 만들지 않나요?"라고 하루히코 씨가 물었다.

"수건이라든가요?"

진지한 얼굴로 되묻는 홈즈 씨를 보고 나와 하루히코 씨는 웃음을 터뜨렸다.

"수건이라니!"

"확실히 기념품으로 받는 이미지가 있기는 하네요."

왠지 웃음보가 터져서 웃음이 멈추지 않는 우리를 앞에 두고 홈즈 씨는 드물게 살짝 토라진 듯이 입을 삐죽였다.

"그러니까 제 생각은 고리타분하다니까요."

아니에요, 그럴 리가요, 라며 우리는 황급히 고개와 손을 저었다.

"하지만 기념품을 만드는 건 괜찮을지도 모르겠네요. 어떤

게 좋다고 생각해요?"

그렇게 질문을 받은 나는 으음, 하고 신음하며 생각에 잠겼다.

요전에 만든 쿠라 머그컵도 좋지만 그건 여기서만 쓰고 싶다. 물건을 넣을 수 있는 토트백도 나쁘지는 않을지도 모르지만 설레지 않는다.

받으면 기쁜 데다 부담이 되지 않는 것이 좋다. 그렇다면…….

"쿠라의 오리지널 노트는 어떨까요?"

내가 그렇게 말하자 하루히코 씨가 눈을 빛냈다.

"그거 엄청 좋다."

작가를 지망하는 그는 역시 노트가 좋은 듯했다.

홈즈 씨도 좋네요, 하고 미소 지었다.

"전람회 때 선착순으로 주는 것도 괜찮을지도 모르겠네요."

"아, 정말이네요."

하루히코 씨는 기대된다며 활짝 웃었다.

나는 미소 지었지만 '전람회'라는 말을 듣자 갑자기 긴장되는 기분이 들었다.

이제는 본격적으로 움직여야 한다.

이 전람회는 야가시라 저택에서 열리는 아주 작은 규모의 이벤트다. 하지만 엔쇼라는 화가는 지금 세계적인 대부호의 주목을 받고 있다.

생각해보면 엔쇼는 유일한 라이벌의 집에서 첫 전람회를 개최하는 것이다.

무슨 일이 일어날 것만 같아서 가슴이 두근거렸다.

그 기분을 뿌리치기 위해 열심히 하자며 나는 주먹을 불끈 쥐었다.

제1장 움직이기 시작한 톱니바퀴

1

교토 테라마치 산조에 있는 골동품점 쿠라는 항상 차분하고 조용하다.

천장의 작은 샹들리에는 차분하고 온기 있는 빛으로 가게를 밝히고 있다.

단지나 다완, 찻잔 세트에 양초 스탠드, 비스크돌이 정연하게 진열되어 있는 가운데 조용하게 흐르는 재즈. 째깍째깍 울리는 벽시계 소리.

지금 나는 부지런히 쿠라의 쇼윈도 장식에 힘쓰고 있었다.

이 가게는 찾는 사람에게 시간이 멈춰 있는 것 같다는 말을 자주 듣고, 나도 그렇게 생각한다.

그런 쿠라를 좋아한다.

하지만 '변함없다'는 말은 한편 변화를 거부하는 분위기도 가지는 법이다.

그것은 그다지 바람직하지 않은 것 같다.

특히 이 가게에 들어오기 어렵다고 생각하는 사람들은 계속해서 여길 지나칠 테니까.

적게나마 변화를 주어서 행인의 눈길을 머물게 하고 싶다고 생각한 나는 홈즈 씨와 점장님의 허락을 받아 가게 쇼윈도의 전시를 매달 바꾸려 하고 있었다.

10월은 메이지 다이쇼 낭만을 의식한 디스플레이로 했고, 그것은 상당한 호평을 받았다.

11월은 디스플레이를 바꾸고 싶다고 생각하면서도 몸과 마음이 다 진정되지 않아서 그대로 두었다.

그리고 12월이 되자 슬슬 바꿔야 한다고 생각하며 나는 움직이기 시작했다.

쇼윈도에 서양 도자기를 장식하고 그 바로 뒤에 큰 트리를 놓았다.

그렇다, 크리스마스를 이미지한 디스플레이다.

작업하던 손길을 멈추고 허리를 폈을 때 카운터 안에 있던 홈즈 씨가 "일단락됐나요?"라고 미소 지으며 물었다.

"네, 대충이요."

내가 고개를 돌리자 홈즈 씨는 장식이 끝난 크리스마스트리를 바라보고 후훗, 하고 웃었다.

"트리를 내니 완전히 크리스마스네요. 벌써 그런 계절이에요."

정말이네요, 하고 나도 마주 웃었다.

"빠르네요. 아케이드도 완전히 크리스마스 분위기로 바뀌었고요."

창밖을 바라보니 손을 잡고 걸어가는 남녀의 모습이 눈에 들어왔다. 기분 탓인지 평소보다 커플이 늘어난 것 같았다.

행복해 보이는 모습에 내 볼에서 힘이 빠졌다.

"커플도 사랑에 빠지는 계절이네요."

"그러네요. 하지만 내 약혼자는 사랑보다 엔쇼의 전람회에 열중하고 있는 것 같지만요."

미소 지은 채 나온 홈즈 씨의 말을 듣고 어버버, 하고 나는 시선을 이리저리 움직였다.

"열중하다니. 그저 애쓰고 있을 뿐이에요."

그러자 홈즈 씨는 농담이에요, 하고 웃었다.

"나로서는 요전에 아오이 씨가 질투를 한 것만으로도 행복해요."

"…………."

겸연쩍어져서 눈을 내리 떴다. 그렇다, 나는 홈즈 씨가 '미츠오카 씨가 취향'이라고 한 말을 듣고 미츠오카 씨라는 여성을 좋아한다며 토라지고 말았다. 사실은 별일이 아니었다. 홈즈 씨는 '미츠오카 자동차'에 대해 말했을 뿐이다.

회사를 사람처럼 불러서 헷갈렸는데, 생각해보면 교토 사람은 자주 회사에 '씨'를 붙여서 부른다.

"앗, 말은 이렇게 해도 당신과 전혀 교감하지 않아도 괜찮다는 건 아니에요."

홈즈 씨는 당황한 듯이 덧붙였다.

나는 무심코 입을 다물고 말았다.

"또 '하여간에 홈즈 씨는'이라고 생각하며 어이가 없었죠?"

"아니요, 그렇지 않아요."

실제로는 그건 저도 마찬가지에요, 라고 말할 뻔하다 입을 다물었다. 전혀 교감하지 않는 것은 역시 쓸쓸하다.

갑자기 부끄러워져서 그것을 얼버무리기 위해 화제를 바꾸었다.

"미츠오카 씨라고 하니, 차는 어떻게 됐어요?"

미츠오카 씨 사건은 오너가 타는 재규어가 낡아서 교체를 검토하다 일어난 소동이다. 다음에는 홈즈 씨가 좋아하는 MINI나 미츠오카 자동차가 후보에 올라 있다고 했다.

그게요……, 하고 홈즈 씨는 어깨를 늘어뜨렸다.

"내가 좋아하는 차를 할아버지는 그다지 좋아하지 않으세요. 레트로 모던하고 클래식한 디자인은 둘째 치고 '내는 귀여운 것보다 멋진 게 좋다'라시네요."

"멋진 게 좋으시다니……."

이제 80대가 되었는데도 오너는 어딘가 어린아이 같은 사람이다.

"그래서 여러모로 검토했는데, 결국 할아버지는 지금 타고 있는 구형 재규어를 아주 마음에 들어 하시더라고요. 본심은 바꾸고 싶지 않은 거죠. 그런 할아버지의 기분을 참작해서 지금 차를 리스토어해 계속 타게 됐어요."

"리스토어……?"

영어로 '회복'이라는 의미인 것은 알고 있지만 감이 오지 않았다.

그런 나의 속마음을 파악한 듯이 홈즈 씨는 아아, 하고 얼굴을 들었다.

"이 경우의 리스토어란 노후화한 차를 소생시키는 것을 말해요. 겉을 그대로 두고 엔진을 포함해 내용물을 새 차에 가까운 상태까지 끌어올리는 거죠."

"대단하네요. 그런 게 가능하군요."

"네. 하지만 가격도 상당히……. 새 차를 사는 편이 낫지 않겠느냐는 말을 들을 정도지만, 지금 차를 리스토어해서라도 계속 타고 싶다는 집념에 저도 감명을 받았어요."

그렇군요, 하고 나는 고개를 끄덕이고 미소 지었다.

"왠지 골동품점 오너 같아요."

"그럴지도 모르겠네요. 차도 저택도 할아버지다울지도 모르겠어요."

홈즈 씨는 거기까지 말하고 그렇지, 하고 생각났다는 듯이 말했다.

"저택이라고 하니, 예정대로 이번 주 토요일에 회화가 야가시라 저택에 모두 모인다고 해요."

"네, 다음 토요일이네요."

그것은 12월 첫 번째 토요일이다.

이날 작품이 도착할 것 같다는 소식은 이미 들었다. 나는 주머니에서 수첩과 펜을 꺼내 일정란에 '확정'이라고 적었다.

응, 하고 고개를 끄덕이자 그런데, 하고 홈즈 씨는 카운터에서 나와 쇼윈도로 향했다.

"쇼윈도는 완성된 건가요?"

"거의 완성됐어요. 콘셉트는 '크리스마스의 다과회'이고요."

마이센 등의 서양 도자기를 사용하고 3단 케이크 스탠드를 써서 애프터눈 세트를 연출했다. 세트 앞에 새하얀 테디 베어, 조금 떨어진 곳에 남녀 앤티크 인형을 스탠드를 써서 세워놓았다. 인형들은 테디 베어의 오후 파티에 초대받아 가고 있다——는 이미지다.

그런 쇼윈도의 뒤에는 큰 크리스마스트리. 오너먼트는 은색 구체로, 전체적으로 백은을 이미지했다.

"테디 베어가 주최하는 크리스마스 파티네요. 귀엽고 꿈이 있어서 눈길을 끄는 디스플레이. 나는 결코 할 수 없는 멋진 장식이에요."

진심으로 감탄한 듯이 말하는 홈즈 씨에게 감사합니다, 하고 나는 부끄러워했다.

"벌써 애를 많이 썼으니 공부 모임은 다른 날에 할까요?"
홈즈 씨는 살짝 걱정스러운 듯이 나를 내려다보았다.
그가 이 뒤에 유리에 대한 강의를 해준다고 했기 때문이다.
나는 그것을 아주 기대하고 있었다.
"아니요, 피곤하지 않아요. 이 디스플레이도 큰 짐은 모두 홈즈 씨가 옮겨주셨고요."
"그러면 잠시 휴식하고 시작할까요?"
"휴식은 전혀 필요 없는데요……. 아, 하지만 디스플레이는 이게 완성이 아니라 하나 더 장식하고 싶은 게 있어요."
"뭔가요?"
나는 벽에 등을 돌리고 기대 세워져 있던 회화를 들었다.
"이 그림을 2층에서 찾았는데, 장식해도 되는 건가요?"
그렇게 말하고 나는 회화를 홈즈 씨에게 보였다.
그것은 유럽의 거리를 그린 것이다.
해가 막 지고 별이 뜬 푸른 하늘에 눈이 흩날리고 있다.
벽돌 구조의 교회와 극장 등이 줄지어 선 중심에는 밝은 빛을 내는 텐트가 늘어서 있다. 유쾌하게 무언가를 마시는 사람들의 실루엣도 인상적이었다.
아마 크리스마스 시장을 그린 것이리라. 그렇다면 마시고 있는 것은 핫 와인일지도 모른다.
이 그림을 2층 안쪽 선반에서 발견했을 때는 와아, 하고 나도 모르게 목소리가 나왔다.

크리스마스 시장의 본고장은 독일이다. 하지만 이 풍경은 독일이라기보다 북유럽을 연상시켰다.

별도 눈도 건물도 텐트도 반짝반짝하게 깜빡이고 있어서 아름답다.

세계의 어딘가에 있을 법한 경치이자 어딘가 꿈속의 광경 같은 환상적인 그림이었다. 보고 있으면 가슴이 고동치는 멋진 작품이다.

작가는 누구일까? 하고 확인했지만 사인은 들어 있지 않았고, 이 그림의 터치는 기억에 없었다.

그림을 뒤집어 뒤쪽을 확인하니 '후가'라는 사인이 들어 있었다.

그 회화를 보자마자 홈즈 씨는 놀란 듯이 눈을 크게 떴다.

"아오이 씨, 이 그림을 2층 어디서 찾았어요?"

확연하게 안색이 바뀐 그를 보고 나는 당황하면서 고개를 갸웃거렸다.

"'회화'라고 적힌 안쪽 선반 안에 있었어요. 다른 작가의 그림도 들어 있었고요."

그랬군요, 하고 홈즈 씨는 괴로운 표정을 지었다.

"장식하면 안 되는 거였나요?"

"그게 아니라 이 그림은 맡은 거예요……."

홈즈 씨는 미안하다는 듯이 미소 지으며 말했다.

"그랬군요. 그러면 멋대로 장식해서는 안 되겠네요."

미안해요, 하고 홈즈 씨는 눈썹을 내렸다.

"그럼 이건 원래 있던 장소로 돌려놓을게요."

"부탁할게요. 나는 공부 모임 준비를 할게요."

네, 하고 나는 애써 밝게 고개를 끄덕인 후 회화를 들고 2층으로 향했다.

"무슨 일이 있었던 거지……?"

계단을 올라가서 나는 작은 목소리로 중얼거렸다.

본인은 알고 있을까?

그는 내게 거짓말을 할 때 똑같은 미소를 보인다.

그림의 소유자, 혹은 작가와 분명 무슨 일이 있었을 것이다.

나는 회화를 테이블 위에 놓고 스마트폰을 꺼냈다.

후가, 화가로 검색해봤지만 이 그림의 작가에 대한 정보는 나오지 않았다.

"…………."

나는 스마트폰으로 사진을 찍고 회화를 원래 있던 장소에 되돌려 놓았다.

"자, 공부하자."

나는 마음을 다잡고 계단을 내려갔다.

2

"이 두 병은 모두 '카메오 유리'라고 불립니다."

홈즈 씨는 응접용 테이블로 시선을 떨어뜨리며 그렇게 말했다.

그곳에는 유리병 두 개가 놓여 있었다.

홈즈 씨는 감정용 흰 장갑을 낀 상태로 병에 살짝 손을 댔다.

내가 유리에 대해 배우고 싶어 하는 마음을 안 홈즈 씨가 야가시라 저택에 있던 것을 가지고 와주었다.

"…………."

나는 말없이 두 병을 순서대로 보았다.

하나는 마치 비드로 같은 형상이다. 아랫부분이 타원형으로 둥글고 위를 향해 오므라지며 입구 부분은 꽃잎처럼 벌어져 있다.

색은 베이스가 적자색이고 거기에 보라색 꽃과 잎의 문양이 새겨져 있었다.

아마 꽃병으로 쓰이겠지만 꽃을 압도하는 존재감이다.

또 하나는 병이라기보다 단지 같은 형태를 하고 있었다. 어깨 부분에서 크고 완만하게 부푼 곡선을 그리고 있었고, 몸통 부분에서 아래쪽으로는 긴 사선을 그리며 살짝 오므라들고 있었다.

색은 연록색이고 거기에서 진록색 나무 문양들이 피어오르고 있었다.

"카메오 유리는 색유리를 몇 겹 겹쳐 형체를 만들고, 거기에서 각종 기법으로 유리의 층을 깎아 문양을 남깁니다. 그래서 표면을 쓰다듬으면 얕은 돋을새김이 있는 것을 알 수 있습니다."

홈즈 씨는 검지로 병 표면의 라인을 가만히 따라갔다.

"이 기법은 고대 로마 시대에서부터 이어져왔습니다. 지금 여기에 있는 하나는 아르누보 시대에 만들어진 것이고, 또 하나는 최근에 만들어진 '포'입니다."

낯선 말에 나는 병에서 눈을 떼고 홈즈 씨를 보았다.

"포요?"

"포는 'faux'라고 씁니다. 프랑스어로 '가짜'라는 의미입니다. 카메오를 복제하거나 위조하는 기술에 쓰이는 말로, 가짜 카메오 유리를 '포 카메오 유리'라고 부릅니다."

참고로 루비에도 쓰인다고 합니다, 라고 홈즈 씨는 덧붙였다.

아하, 라고 나는 맞장구를 치면서 메모장에 적었다.

즉 여기에 진품과 위작인 병들이 놓여 있다는 뜻이다.

"자신은 없는데요……."

진위를 가릴 수 있을 만큼 유리를 보지 않았다.

하지만, 하고 나는 말을 이었다.

"이쪽의 적자색 병은 갈레의 작품 같아요."

전에 나는 '아사히 맥주 오야마자키 산장 미술관'에서 에밀 갈레의 작품을 보고 왔다.

이 병에서는 갈레의 기법을 감지할 수 있었다.

무엇보다 갈레의 작품은 자신의 이름을 문양 속에 넣는 경우가 많다고 한다.

이 병에도 문양 같은 사인이 적혀 있었다.

홈즈 씨는 "정답입니다"라고 말하며 눈을 활처럼 가늘게 떴다.

"아오이 씨가 말했듯이 이쪽의 비드로를 꽃으로 조각한 듯한 적자색 병이 갈레의 작품이고, 연록색 병은 포입니다."

훌륭합니다, 하고 손뼉을 치는 홈즈 씨를 보고 내 볼이 달아올랐다.

감사합니다, 하고 부끄러워하며 머리를 살짝 숙였다.

"그러면 진위를 구별하는 포인트를 알려드리죠."

나는 무심코 몸을 내밀었다.

"진품 카메오 유리는 수작업으로 만들지만 포는 문양을 만들 때 애시드, 즉 산을 씁니다."

"산으로 문양을요?"

"네. 우선 남기고 싶은 부분을 내산성 층으로 코팅합니다. 그리고 코팅되지 않은 부분을 산으로 부식시킵니다. 그래서 아무래도 세부적인 묘사가 부족해지는 겁니다."

홈즈 씨의 이야기를 들으면서 나는 포의 병에 얼굴을 가까이 댔다.

확실히 수작업과 같은 디테일을 재연하지 못했다. 색의 층도 얇다.

"왠지 진품에 비해 표면이 평평한 것 같네요."

내가 혼잣말처럼 중얼거리자 홈즈 씨는 네, 하고 동의했다.

"진품 카메오 유리는 색유리를 몇 층으로 겹쳐 만들지만 포는 대개 2층 정도이기 때문에 진품에 비하면 완만하네요. 산을 쓰면 수작업에 비해 양산이 가능합니다. 갈레의 카메오 유리라고 주장하지만 가격이 저렴한 경우에는 포라고 의심하는 편이 좋겠죠."

나는 고개를 끄덕이고 메모를 적으면서 오도카니 중얼거렸다.

"홈즈 씨는 유리에도 해박하셨네요."

내 입에서 그런 말이 나오는 것이 조금 이상했는지 홈즈 씨는 고개를 갸웃거리며 나를 보았다.

"아, 아니요. 이 가게에는 유리 물품이 그다지 없어서 다른 것만큼은 해박하지 않으신 건가 했어요."

"도자기보다 익숙하지는 않아요. 아오이 씨가 말했듯이 우리 가게에서는 유리를 그다지 취급하지 않고요."

"그건 왜 그런가요?"

날카롭게 묻자 홈즈 씨는 고개를 갸웃거렸다.

"우연이 아닐까요? 여기는 원래 동양의 고미술품만 취급하던 골동품점이었어요. 그러다 할아버지가 오너가 되었고, 그 분은 새로운 것이나 희귀한 것을 좋아해서 다양한 나라의 미술품을 취급하게 되었어요. 하지만 그래도 도자기가 많은 걸 보면 단순히 할아버지의 취향 문제였을지도 모르겠네요."

나는 납득하고 맞장구를 쳤다.

"그러면 슬슬 폐점 시간도 다가왔으니 여기까지 할까요?"

홈즈 씨는 조심스럽게 카메오 유리를 선반에 놓았다.

"감사합니다. 여전히 아주 이해하기 쉬웠어요."

"그렇게 말해주니 영광이에요."

이렇게 알기 쉽게 소재를 준비하고 머리에 쏙 들어오는 강의를 해준다.

역시 홈즈 씨는 내게 최고의 스승이다.

문득 후지와라 케이코 씨가 한 이야기가 떠올랐다. 그녀는 세계적으로 유명한 미술 큐레이터인 셜리 배리모어의 어시스턴트로 있다. 그 셜리 배리모어가 지금도 나를 어시스턴트로 삼고 싶어 한다고 한다.

그것은 아주 영광이었다.

메모장을 꼭 품은 그때 딸랑딸랑, 하고 도어벨이 울렸다.

나는 튕겨나듯이 얼굴을 들고 문으로 시선을 보냈다.

베이지색 트렌치코트과 자연스러운 헤어스타일. 입에는 금연파이프를 물고 있다. 그곳에는 TV에서 보는 탐정 같은 40대 남성이 있었다.

이 사람은——.

"이거 코마츠 씨. 어서 오십시오."

기온에서 사무소를 하는 탐정 코마츠 카츠야 씨다.

코마츠 씨는 여, 하고 힘없이 손을 들고 그대로 비틀비틀 카운터에 쓰러지듯이 엎드렸다.

"형씨, 나 이제 과부하가 왔어."

"무슨 일이 있으셨나요?"

홈즈 씨의 질문에 그게 말이야, 하고 코마츠 씨는 한숨을 토했다.

"아츠코 씨가 우리 사무실에 왔어……."

홈즈 씨는 눈살을 살짝 찌푸렸다.

타도코로 아츠코 씨는 꽃꽂이 교실의 선생님이다.

"아츠코 씨가……. 어떤 용건이었습니까?"

"단호하게 두 사람이 헤어지게 해달라고 했어."

두 사람이란 아츠코 씨의 꽃꽂이 교실의 학생인 아사이 토모카 씨와 그 약혼자 사다 유타카 씨다.

홈즈 씨는 흐음, 하고 턱에 손을 댔다.

"생각했던 대로 직설적으로 나왔군요……. 그래서 코마츠 씨는 뭐라고 대답하셨습니까?"

"우리는 탐정 사무소이지 이별 공작소가 아니니까 그건 받아들일 수 없다고 했어. 그랬더니 '그러면 실례했어요. 이 일은 토모카 씨에게는 말하지 말아요'라고 말하고 싱긋 웃으며 돌아갔어."

거기까지 말하고 코마츠 씨는 확인하듯이 홈즈 씨를 올려다보았다.

"거절한 건 좋지 않았다고 생각해?"

"아니요, 당연한 대답입니다."

다행이다, 라고 말하며 코마츠 씨는 가슴에 손을 얹었다.

"떠날 때 '왜 그렇게 헤어지게 하려는 건가요?'라고 물었어. 그랬더니 '당신한테 얘기할 의무는 없어요'라며 거절하더군."

뭐, 그렇게 말하겠죠…… 라며 홈즈 씨는 쓴웃음을 지었다.

"그 현장에는 엔쇼도 있었는데 말이야."

"엔쇼가? 그는 이 일에 대해 뭐라고 했나요?"

"아아. 아츠코 씨가 돌아간 뒤에 '어차피 고급 클럽을 시작하는 게 정해졌으니 스태프로 삼고 싶어서 결혼을 반대하는 거겠제'라고 형씨와 똑같은 말을 했어."

"……저는 가능성 중 하나로 들었을 뿐입니다."

갈지는 않습니다, 라고 홈즈 씨는 썩 내키지 않는다는 듯이 말했다.

"지금의 형씨는 어떻게 생각해?"

"글쎄요? 그런 코마츠 씨는요?"

코마츠 씨는 으음, 하고 신음했다.

"나로서는 납득이 가지 않아. 아츠코 씨는 꽃꽂이 교실을 하면서 지하에서 합법적인 비밀 클럽을 경영하고 있었고 터무니없는 블루 다이아몬드를 상속하기도 하는 등 뭐, 만만찮은 사람이기는 해. 뭐랄까, 심지에 올곧은 것을 가지고 있는 듯한 느낌이 들어."

"그건 저도 동감입니다."

"그렇지? 무슨 일이 있을 것 같아서 못 견디겠어. 신경 쓰이지만 업무가 아니니 멋대로 알아볼 수도 없고."

"그러네요. 이 이상 깊이 들어갈 수는 없겠어요."

휴우, 하고 코마츠 씨가 한숨을 내쉬는데 다시 딸랑딸랑, 하고 도어벨이 울렸다.

우리가 문으로 얼굴을 향하자 이 대화의 소용돌이 속 인물이 조심스레 인사를 했다.

"안녕하세요……."

"토모카 씨……."

아사이 토모카 씨였다.

"——키요타카 씨, 아오이 씨, 저번에는 상담에 응해주셔서 감사했습니다."

토모카 씨는 고개를 꾸벅 숙였다. 그녀는 지금 카운터 앞 의자에 앉아 있다.

나와 홈즈 씨는 카운터 안에서 아니라며 고개를 저었다.

코마츠 씨는 카운터 가장자리 의자에 앉아 시치미를 뗀 얼굴로 이쪽을 엿보고 있었다.

전에 남자친구의 바람 조사를 해달라며 이 골동품점 쿠라를 찾았을 때 토모카 씨는 울먹이는 표정을 짓고 있었다. 지금의 그녀는 분위기가 조금 달랐다.

하지만 표정이 밝아진 것은 아니고 어딘가 곤혹스러워하고 있는 듯한 기색이었다.

"두 분의 오해는 정말 풀리셨습니까?"

홈즈 씨가 미소 지으며 그렇게 묻자 토모카 씨는 "아, 네" 하고 어색하게 고개를 끄덕였다.

"남자친구에게 울면서 물어봤어요. '혹시 약혼을 취소하고 싶어? 만약 그러면 사양하지 말고 말해. 좋아하는 사람에게 부정적인 생각을 하게 하고 싶지 않아'라면서요. 그랬더니 남자친구도 울면서 진실을 이야기해줬어요."

토모카 씨가 그렇게 이야기하자 나는 꿀꺽 침을 삼켰다.

홈즈 씨가 조용히 물었다.

"사다 씨는 뭐라고 말씀하셨나요?"

"남자친구는 생일 전날 아츠코 씨에게 호출을 받았다고 했어요……. 그때 그는 아츠코 씨에게 '당신은 토모카 씨와 어울리지 않는다' '물러나는 게 어떠냐'라는 소리를 끊임없이 들었다고 하더라고요……."

토모카 씨는 거기까지 말하고 눈을 내리 뜨며 잠시 사이를 둔 후 이야기를 계속했다.

"그로서는 '교토의 엄마'로 제가 모시는 아츠코 씨에게 그런 말을 듣고 물러나는 게 좋을지도 모른다고 고민하며 거리를 두었다고 했어요……."

그야 그렇게 될 것이다. 만약 나도 사다 씨의 입장이 된다면……, 예를 들어 홈즈 씨가 아버지처럼 생각하는 우에다 씨에게 이런 말을 듣는다면 크게 망설일 것이 틀림없다.

'미안하다, 아오이는 역시 키요타카의 상대로 어울리지 않는데이. 그 녀석을 생각해서 잠자코 물러나주지 않겠노?'

내가 내 입장에 대입해 안타까워하고 있는데 토모카 씨가 작은 목소리로 말했다.

"하지만 그는…… '역시 네가 좋아서 헤어진다는 결단을 내릴 수 없었어'라고 했어요."

그 말에도 공감할 수 있었다. 정말 좋아한다면 주위 사람이 어떤 말을 해도 헤어지겠다고 쉽게 결단을 내릴 수 없을 것이다.

"그러셨군요……. 토모카 씨도 남자친구분이 피하셨던 사정을 알고 응어리가 풀리신 셈이군요?"

홈즈 씨의 물음에 토모카 씨는 고개를 끄덕였다.

"하지만 다른 응어리가 생기고 말았어요. 아츠코 씨가 왜 그에게 그런 말을 했나 싶어서요. 처음에는 열심히 응원해주셨거든요."

"어떻게 응원을 했나요?"

홈즈 씨가 즉시 묻자 토모카 씨는 기억을 더듬듯이 천장을 올려다보았다.

"……유타카 씨와는 봉사활동을 통해 알게 됐어요. 밝고 상냥하고 리더십도 있어서 멋진 사람이라고 생각했었죠."

토모카 씨의 약혼자인 사다 유타카 씨와는 나도 봉사활동을 함께 했다.

그녀가 말하는 대로 사다 씨는 밝고 주위를 통합하는 힘이 있는 사람이다.

"활동을 몇 번 같이 하자 저는 그가 좋아졌어요. 그리고 그 사실을 아츠코 씨에게 알리자 제가 좋아하는 사람을 보고 싶다고 해서 그가 키타구에서 경영하는 이탈리안 레스토랑에 같이 식사를 하러 간 적도 있어요.

셰프 겸 오너인 그의 모습을 본 아츠코 씨는 '잘생기지는 않았지만 좋은 사람이다. 저런 사람과 결혼하면 행복해질 것 같으니 잘해봐라'라고 했어요. 저는 그 말이 너무 기뻐서…… 아츠코 씨는 사람을 보는 눈이 엄격하고 정확한 분이거든요. 아츠코 씨에게 인증을 받은 기분이 든 저는 그에게 대시하기로 결심했어요."

토모카 씨는 거기까지 말하고 한숨을 돌렸다.

"그에게 연인이 없는 것을 알고 제 마음을 전하자 그는 살짝 곤란한 얼굴로 '아주 기쁘지만 저는 당신보다 열 살 가까이 많은 아저씨예요. 어울리지 않아요'라며 거절했어요. 정말 충격이었어요.

하지만 이 일을 이야기하자 아츠코 씨는 이렇게 말했어요. '점점 더 듬직하고 착한 사람이네. 젊고 아름다운 애한테 바로 넘어가는 남자보다 나는 좋다'라고……. 그 말에 저는 다시 용기를 얻어서 이번에는 저를 좀 더 알게 만든 뒤 다시 고백하자고 결심했어요.

첫 번째 고백으로부터 세 달이 지났을 무렵에 역시 포기할 수 없다는 마음을 전하자 그런 말을 들으면 이쪽이 포기할 수 없게 된다면서 제 마음을 받아줬어요. 그리고 저희는 교제하게 됐어요."

"토모카 씨……. 정말 노력하셨네요."

나도 모르게 그런 말이 내 입에서 나왔다.

홈즈 씨도 정말 그래요, 하고 동의했다.

네, 하고 토모카 씨는 부끄러운 듯이 미소 지었다.

"저 자신도 열심히 했다고 생각해요."

"두 번 고백한 건 아주 좋은 방법이었다고 생각합니다."

네? 하고 토모카 씨는 놀란 듯이 홈즈 씨를 올려다보았다.

"어째서인가요?"

"짐작입니다만, 첫 고백 때 사다 씨는 깜짝 놀랐을 겁니다. 남녀 모두 연애 대상으로 보지 않았던 이성이 갑자기 접근하면 놀라서 꽁무니를 빼는 경우가 자주 있습니다. 그래서 상대를 잘 모르는 채 거절하죠. 하지만 시간이 지나서 그 사람이 나를 생각해주고 있다는 인식이 생기면 단숨에 연애 대상이 되는 겁니다."

이 말은 왠지 모르게 이해가 갔다.

전에 교제했던 남자친구——카츠미와 처음 사귀었을 때 교실에서 고백을 받고 승낙했는데, 사실 그 전에 카츠미가 나를 좋아하는 것 같다는 정보를 얻었다.

그것을 들은 나는 '정말인가?' '그게 진짜라면 왜 나 같은 애를 좋아하는 거지?'라고 생각하며 살짝 신경을 쓰게 되었다.

그렇게 하면, 하고 홈즈 씨는 이어서 이야기했다.

"시간이 조금 지나면 '거절한 건 성급했을지도 몰라' '아직 나를 좋아하고 있을까?'라고 생각하다 이번에는 반대로 고백받은 쪽이 고백한 이성을 의식하기 시작하는 상황이 일어날 수도 있는 겁니다.

그럴 때 두 번째 고백을 합니다. 이것은 고백하는 쪽으로서는 배수의 진. 받는 쪽도 이걸 거절하면 더 이상 기회는 없다는 사실을 알고 대답을 할 수 있습니다. 그러므로 마음에 드는 이성에게 두 번 고백하는 것은 상당히 좋은 방법이라고 생각합니다."

나도 토모카 씨도 무심코 감탄해서 하아, 하고 한숨을 내쉬었다.

떨어진 곳에서 코마츠 씨도 똑같은 행동을 하고 있었다.

"이 '두 번 고백'을 의도적으로 하는 경우에는 첫 번째는 교제를 전제로 하지 않고 '그저 마음을 전하고 싶었다'에 그치고 기간을 두어 두 번째에서 교제를 전제로 고백을 하면 더 효과적일지도 모르겠네요."

보충하는 홈즈 씨의 말을 듣고 토모카 씨는 얼이 빠진 기색을 보였다.

"키요타카 씨……. 대단하시네요."

"아니요, 인간 관찰에 기초한 근거 없는 주관적인 견해입니다. 학원 강사로 일할 때 자투리 시간에 이런 이야기를 해서 교실을 달아오르게 만들기도 했었죠."

홈즈 씨는 한때 수행의 일환으로 학원 강사를 했다.

그때 모습을 아는 아키히토 씨의 이야기에 의하면 학생은 모두 남자이고, 그 아이들은 홈즈 씨의 신자처럼 변해서 왠지 무서웠다고 한다.

홈즈 씨의 신자가 된 당시의 학생들은 모두 '두 번 고백하는 남자'가 되지 않았을까, 라고 생각하며 나는 나도 모르게 얼굴을 굳혔다.

"하지만 연애 마스터 같아요."

"아닙니다, 그럴 리가요. 저는 이론만 앞서는 사람입니다. 실제로 제 일이 되면 아오이 씨라는 좋아하는 사람을 앞에 두고 허둥대기만 하다 아무것도 할 수 없게 된답니다."

그렇죠? 하고 홈즈 씨는 나를 내려다보았다.

"…………"

나와 토모카 씨는 함께 볼을 붉혔다.

코마츠 씨는 형씨는 여전하군, 이라고 작은 목소리로 중얼거리고 어깨를 으쓱거렸다.

나는 부끄러워서 억지로 화제를 되돌렸다.

"저기, 토모카 씨. 사다 씨와 교제한 뒤에 아츠코 씨는 어떤 느낌이었나요? 그때부터 반대를 한 건가요?"

토모카 씨도 바로 대답했다.

"아니요. 교제하게 되었다고 알리자 아츠코 씨는 아주 기뻐해줬어요. 셋이서 같이 밥도 먹었고요. 그때 아츠코 씨는 '참말로 좋은 사람이야. 나도 안심이다'라며 웃어줬어요. 그때부터 한동안 교제를 계속하다 마침내 저희는 약혼하게 되었는데요……."

거기까지 말하고 토모카 씨는 표정을 흐렸다.

"생각해보면 약혼한 뒤부터예요. 아츠코 씨가 예전처럼 그에 대해 자주 말하지 않게 됐어요. '이렇게 빨리 약혼해서 놀랐어. 교제를 더 하고 해도 되지 않았을까?'나 '사다 씨는 좋은 사람이지만 토모카도 젊으니까 다른 사람을 더 만날 수 있을 거야' 같은 말을 하기 시작했어요. ……하지만 설마 그에게 직접 헤어지라는 말을 할 줄이야……."

토모카 씨의 입장에서 보면 그야말로 곤혹스럽기만 할 것이다.

왜 갑자기 태도를 바꾸었을까——.

"토모카 씨, 다시 여쭙겠습니다. 당신은 아츠코 씨를 교토의 어머니로 생각하고 계신데, 언제부터 아츠코 씨와 만나셨나요?"

네, 하고 토모카 씨는 자세를 바로 했다.

"아츠코 씨와는 제가 대학에 진학하고 만났어요. 대학에 입학한 해에 아츠코 씨의 꽃꽂이 교실에 다니기 시작했으니 벌써 7년이 됐네요."

"교토에 꽃꽂이 교실이 많을 텐데 어떤 계기로 그녀의 교실로 정하셨나요?"

"원래 저는 교토가 좋다는 이유로 간토에서 교토의 여대로 진학했어요. 특히 기온의 분위기를 좋아해서 학교가 끝나면 자주 동네를 산책하고는 했지요."

토모카 씨는 이야기하면서 그리운 듯이 웃었다.

"그때 우연히 아츠코 씨가 학생을 배웅하는 모습을 봤어요. 아츠코 씨의 기모노 맵시와 몸가짐이 정말 멋있어서 그만 넋을 잃고 말았어요. 그랬더니 '아가씨, 꽃에 흥미 있어요? 체험도 할 수 있어요'라며 아츠코 씨가 말을 건 게 계기예요."

그러셨군요, 라며 홈즈 씨는 맞장구를 쳤다.

교토의 여대라면 사립대일 것이다. 간토에서 교토로 진학하고 꽃꽂이까지 배웠다면 토모카 씨는 부잣집의 아가씨일지도 모른다.

홈즈 씨도 같은 생각을 했는지 그런 질문을 살며시 했지만 그녀는 아니라며 고개를 가로저었다.

"아빠는 공무원이고 엄마는 아르바이트를 하는 평범한 집이에요. 꽃꽂이 교실의 학원비도 아츠코 씨를 돕는 조건으로 특별히 저렴하게 내고 있어요."

홈즈 씨는 납득한 듯이 고개를 세로로 흔들었다.

"그렇다면 토모카 씨가 아츠코 씨를 교토의 어머니라고 생각하시는 것도 이해가 갑니다."

"네. 아츠코 씨는 자신에게는 아들밖에 없어서 저 같은 딸이 있으면 좋겠다고 했는데……."

그런 이야기를 듣자 아츠코 씨가 결혼을 반대하는 이유가 고급 클럽의 스태프로 삼기 위해서라고 생각하기 어렵게 되었다.

"아츠코 씨가 약혼 뒤 사다 씨와의 결혼을 반대하기 시작한 이유는 전혀 짐작가지 않으십니까?"

홈즈 씨의 질문에 토모카 씨는 생각에 잠긴 듯이 고개를 갸웃거렸다.

"……짐작가지 않아요. 그래서 키요타카 씨에게 부탁이 있어요."

"뭔가요?"

"키요타카 씨는 우수한 관찰안을 가지고 계시다고 들었어요. 내일 그를 여기로 데려올 테니 당신의 눈으로 살펴봐주시겠어요? 그래서 아츠코 씨가 반대하는 이유를 아셨을 경우에는 제게 가르쳐주세요."

흐음, 하고 홈즈 씨는 팔짱을 꼈다.

"그래서 만약 제가 '아츠코 씨의 말대로 그는 추천할 수 없습니다'라고 하면 당신은 약혼을 파기하실 겁니까?"

잔혹하게도 들리는 질문을 받고 토모카 씨는 애달픈 웃음을 지으면서도 망설임 없이 대답했다.

"헤어지지 못할 거예요. 다만 알아두고 싶어요."

그녀의 말에 나는 감동하고 말았다.

홈즈 씨도 그러신가요, 라고 살짝 감탄한 듯이 맞장구를 쳤다.

"알겠습니다. 그런 일이라면 협력하겠습니다. 다만 제 관찰안을 얼마나 믿을 수 있을지는 보증할 수 없습니다."

가슴에 손을 얹고 걱정스러운 듯이 말하는 홈즈 씨를 보고 우리는 할 말을 잃었다.

무슨 소리를 하는 거야, 라는 모두의 마음의 소리가 한데 모인 것 같았다.

3

그리고 다음 날 오후.

약속대로 토모카 씨는 약혼자인 사다 유타카 씨를 데리고 다시 쿠라를 찾았다.

"야가시라 씨. 여자친구에게 서두르지 말라고 조언해주셨다고 들었습니다. 감사합니다."

사다 씨는 자기소개를 한 후 홈즈 씨를 앞에 두고 머리를 깊이 숙였다.

토모카 씨도 다시금 감사한다는 기색으로 머리를 숙였다.

두 사람은 응접용 소파에 나란히 앉아 있다.

맞은편에 앉은 홈즈 씨는 아니라며 손을 내저었다.

“저는 아무것도 안 했습니다.”

이 가게에는 홈즈 씨와 나, 사다 씨, 토모카 씨 외에 또 한 사람, 코마츠 씨가 카운터에 있었다.

코마츠 씨는 시치미를 뗀 얼굴로 이야기를 듣고 있었다.

코마츠 씨를 포함한 모두에게 커피를 낸 후 나는 홈즈 씨의 옆에 앉았다.

사다 씨는 나를 보고 싱긋 미소 지었다.

“그건 그렇고 여기서 마시로 씨를 만나서 놀랐어요.”

“네, 저도요. 우연이네요.”

우리가 후훗, 하고 마주 웃자 토모카 씨는 당황한 듯이 시선을 번갈아 움직였다.

“네? 유타카 씨와 아오이 씨는 아는 사이였나요?”

그가 대답하기 전에 내가 네, 하고 대답했다.

내가 다니는 대학에 ‘교토를 더 멋지게 만들고 싶은 프로젝트’, 줄여서 ‘교토더’라는 팀이 있다는 것을 전하고 이야기를 계속했다.

“지금 그 교토더는 교토시 키타구청과 함께 후나오카산 구역을 활성화시키기 위해 움직였어요. 그 활동에서 사다 씨와 함께했거든요.”

내 설명을 들은 토모카 씨는 그랬군요, 하고 안심한 듯이 볼에 손을 댔다.

“최근에 저는 금방 불안해져서요. 지금도 이 사람과 아오이 씨가 제가 모르는 곳에서 만났을지도 모른다고 생각했더니 초조해졌어요.”

안 되겠네요, 하고 한숨을 내쉬는 그녀에게 사다 씨가 말했다.

“애초에 내가 나빠. 너처럼 내게는 아까운 멋진 사람을 불안하게 만들었으니까.”

“유타카 씨……. 당신이야말로 내게 아까운 멋진 사람이에요. 다정하고 행동력 있고 아주 따듯하고……. 당신을 알면 모두 당신을 좋아하게 되지 않을까 하는 생각이 들어요. 그래서 그만 당신을 의심하게 돼요…….”

서로 바라보는 두 사람을 앞에 두고 나는 눈을 둘 곳이 곤란했지만 홈즈 씨는 그런 그들을 흐뭇하게 지켜보면서 주머니로 가만히 손을 넣었다.

우리의 시선을 눈치챈 두 사람은 “죄송합니다” 하고 정신을 차린 듯이 다시 앉았다.

홈즈 씨는 아니라며 고개를 저었다.

“사실 두 분의 오해는 풀린 듯하네요.”

네, 하고 동의하는 사다 씨.

“제대로 대화를 나눴습니다.”

"참 다행입니다."

그때 테이블 위에 놓여 있던 사다 씨의 스마트폰이 진동했다.

그는 "죄송합니다"라고 인사하고 스마트폰을 들었다.

"아아, 카지와라에게 온 거네요. 잠시 실례합니다."

사다 씨는 스마트폰을 들고 자리에서 일어나 가게 밖으로 나갔다.

카지와라란 카지와라 히루히코 씨를 말한다. 사실 이 전화는 홈즈 씨가 사전에 하루히코 씨에게 부탁한 것이다. 이른바 '장치'다. 아까 주머니에 손을 넣었을 때 하루히코 씨에게 신호를 보냈으리라.

사다 씨가 가게 밖으로 나간 것을 확인하자마자 토모카 씨는 조심스레 홈즈 씨를 올려다보았다.

"저기……. 저 사람을 만나고 어떻게 생각하셨나요?"

그러네요, 하고 홈즈 씨는 창밖으로 시선을 돌렸다.

시선 끝에는 즐겁게 통화를 하고 있는 사다 씨의 모습이 있었다.

"……선량한 분이라고 생각했습니다. 뭔가 꿍꿍이가 있는 것처럼 보이지 않더군요."

홈즈 씨가 처음에 '평범하게'라고 말할 뻔하다 그 말을 삼킨 것을 왠지 모르게 알 수 있었다.

그가 그렇게 말하고 싶어지는 것도 이해가 간다. 사다 씨는 착한 척을 하는 것이 아니라 자연스럽게 '평범하게 좋은 사람'이라는 느낌이었다.

다행이라며 토모카 씨는 진심으로 안도한 듯이 가슴에 손을 얹었다.

기분 탓인지 나까지 안도했다.

"사다 씨는 원래 자신의 외모에 콤플렉스가 있었던 듯 하지만 그것을 좋은 의미로 계기로 삼아온 것 같습니다. 해온 일 전부가 지금은 자신감이 되었을 겁니다. 하지만 근본적으로 외모에 대한 씻을 수 없는 콤플렉스가 있었기 때문에 당신이 한 고백을 순순히 받아들이지 못 했겠죠."

다시 창밖으로 시선을 돌리고 홈즈 씨는 혼잣말처럼 중얼거렸다.

차분하지만 날카로운 관찰력을 발휘하는 홈즈 씨의 말에 또다시 우리의 얼굴이 굳어졌다.

"실례했습니다."

잠시 후 통화를 마친 사다 씨가 가게로 돌아왔다.

사다 씨는 소파에 앉자마자 그래서, 하고 홈즈 씨의 눈을 똑바로 바라보았다.

"실은 야가시라 씨, 저는 당신께 부탁이 있었습니다."

"제게요?"

"네. 당신은 감정사이면서 탐정 일도 하고 계신다고 들었습니다. 사실인가요?"

"네, 뭐……. 기간 한정입니다만."

홈즈 씨는 살짝 내키지 않는다는 듯이 고개를 끄덕였다.

"당신에게 의뢰를 하고 싶습니다."

"어떤 의뢰입니까?"

"이 사람이 교토의 어머니로 생각하는 꽃꽂이 선생님, 타도코로 아츠코 씨가 제 결혼을 반대하고 있습니다. 그 이유를 물어보니 어울리지 않는다는 것이었습니다. 하지만 교제를 시작했을 때는 어울린다고 했습니다."

그 이야기는 우리도 토모카 씨에게 어제 들었다.

하지만 토모카 씨가 이곳을 찾은 것은 아마도 사다 씨에게 말하지 않았을 것이기 때문에 처음 듣는다는 듯한 얼굴로 맞장구를 쳤다.

"남자친구로서는 괜찮아도 결혼 상대로는 어울리지 않는다는 뜻이겠다고 처음에는 생각했지만 아무래도 납득이 가지 않아서요…… 그러니 아츠코 씨가 왜 저와의 결혼을 반대하는지 조사해주시겠습니까? 물론 상응하는 사례는 꼭 하겠습니다."

거기까지 듣고 홈즈 씨는 가만히 팔짱을 꼈다.

"……그렇게까지 하시겠습니까? 아츠코 씨가 하는 말을 무시하고 결혼하는 선택지도 있습니다."

"물론 도저히 어쩔 수 없는 경우에는 그렇게 할 겁니다. 하지만 여자친구에게 아츠코 씨는 정말 소중한 사람입니다. 그 사람과 여자친구의 사이를 멀어지게 하고 싶지 않고, 그런 사람이 싫어하는 이유를 알고 싶습니다."

강한 어조가 마음에 와 닿았다.

그것은 홈즈 씨도 마찬가지인 듯했다.

"알겠습니다. 제가 소속된 코마츠 탐정 사무소의 정식 의뢰로 받아들이겠습니다. ……괜찮으시죠, 소장님?"

홈즈 씨는 몸을 돌리며 카운터 구석에 앉은 코마츠 씨에게 시선을 옮겼다.

어? 하고 사다 씨와 토모카 씨는 놀란 듯이 카운터를 보았다.

코마츠 씨는 겸연쩍어하면서도 "그래, 물론이지"라며 묵례를 했다.

"놀랐어. 소장님이셨군요."

"여기가 탐정 사무소인가요?"

그렇게 묻는 두 사람에게 홈즈 씨는 아니라며 고개를 저었다.

"이곳은 평범한 골동품점입니다. 사무소는 기온에 있습니다."

"기온에 탐정 사무소라니, 대단하시네요."

"그렇답니다. 코마츠 소장님은 '기온 탐정'이라고 불리고 있습니다."

코마츠 씨가 하지 말라며 얼굴을 찌푸렸다.

홈즈 씨는 후훗, 하고 웃고 사다 씨와 토모카 씨를 보았다.

"그러면 다시 이야기를 정리하자면, 교제 때는 응원해주던 아츠코 씨가 약혼하자마자 손바닥을 뒤집듯이 결혼을 반대하게 되었다. 그 이유를 알고 싶다는 것이죠?"

다시 한번 의뢰를 확인하는 홈즈 씨에게 두 사람은 "네" 하고 동시에 고개를 끄덕였다.

"그러면 토모카 씨에게 여쭙겠습니다. 약혼 뒤에 아츠코 씨가 새로 안 사다 씨의 정보는 있습니까? 예를 들어 토모카 씨는 이미 알고 있었어도 아츠코 씨에게는 이야기하지 않았던 것이 있다든가요."

"…………."

토모카 씨는 잠시 기억을 더듬는 기색이었다. 잠시 후 "아……" 하고 조용히 중얼거리고 얼굴을 든 후 사다 씨를 보았다.

"그 일은 그때 처음 화제로 나왔을지도 몰라요."

그 일이라니? 라며 사다 씨가 고개를 갸웃거렸다.

"약혼한 뒤 축하 자리에서 유타카 씨가 어머님 이야기를 했었죠?"

그녀가 그렇게 말을 잇자 사다 씨는 그러고 보니, 라고 생각났다는 듯이 말했다.

"그건 사다 씨의 어머님에 관한 이야기인가요?"

홈즈 씨의 질문에 사다 씨가 "네" 하고 고개를 끄덕였다.

"아츠코 씨에게 제 어머니 이야기를 했어요. 어머니가 토모카 씨를 만나고 정말 기뻐했다는 이야기를."

사다 씨는 편모 외아들 가정으로, 어머니에게는 고생과 걱정을 시켜왔다고 한다. 그만큼 성인이 되어서는 나름대로 효도를 했다고 이야기했다. 하지만 어머니는 '무엇보다 얼른 며느리가 될 사람의 얼굴을 보고 싶다'고 늘 말했다.

사다 씨는 그런 이야기를 하고 얼굴을 들었다.

"그래서 '토모카 씨 같은 훌륭한 약혼자를 어머니에게 소개할 수 있어서 겨우 진정한 효도를 한 기분입니다'라고 아츠코 씨에게 말했습니다."

"그때 아츠코 씨는 뭐라고 말씀하셨습니까?"

거기에는 토모카 씨가 대답했다.

"아츠코 씨는 아주 놀란 얼굴을 하며 '그랬구나. 사다 씨는 한부모 가정이었구나. 어머니께 참말로 감사해야겠어'라고 했어요."

으음, 하고 홈즈 씨는 팔짱을 꼈다.

"이 일이 관계가 있다고 생각하세요?"

조용히 물은 사다 씨에게 홈즈 씨는 말하기 어려운 듯이 대답했다.

"어쩌면 가능성은 있을지도 모릅니다."

토모카 씨가 하지만, 하고 튕겨나듯이 얼굴을 들었다.

"아츠코 씨 본인이 한부모 가정이에요. 아츠코 씨는 남편을 잃은 후 아들을 혼자서 길러왔잖아요."

토모카 씨가 하고 싶은 말은 나도 잘 이해할 수 있었다.

이야기를 듣던 코마츠 씨도 같은 마음이었는지 힘차게 고개를 끄덕였다.

"그렇기 때문일지도 모릅니다. 뭐, 어디까지나 가능성의 이야기입니다."

토모카 씨는 납득이 가지 않는 표정으로 눈을 내리 떴다.

하지만 무언가가 떠올랐는지 그러고 보니, 하고 볼에 손을 댔다.

"지금 생각해보니 약혼 뒤가 아니라 그 식사 모임 뒤부터 아츠코 씨의 태도가 좀 달라진 것 같아요."

흐음, 하고 홈즈 씨는 턱에 손을 댔다.

"역시 그 식사 모임이 열쇠가 된 것 같군요. 그 밖에 무슨 이야기를 했는지 기억하십니까?"

홈즈 씨가 그렇게 묻자 두 사람은 생각에 잠긴 듯이 미간을 찌푸렸다.

사다 씨는 글쎄요, 하고 입을 열었다.

"그 뒤에도 어머니 이야기를 잠시……. 아아, 그때도 스마트폰이 울려서 주머니에서 꺼냈을 때 부적이 떨어져서 부적 이야기가 나왔어요."

"부적?"

"실제로는 부적하고도 좀 다를지도 모르지만, 철이 들었을 때부터 가지고 다니는 부적 같은 게 있어서요."

"보여주시겠습니까?"

"네, 물론이죠."

그는 재킷 안주머니에서 작은 복주머니를 꺼내 테이블 위에 놓았다.

홈즈 씨는 "실례하겠습니다" 하고 재빨리 흰 장갑을 꼈다.

그대로 조심스레 복주머니를 열고 안의 물건을 꺼냈다.

"그렇게 대단한 건 아니에요."

거기에 들어 있던 것은 수정 팔찌였다. 거리에 흔히 있는 천연석 팔찌처럼도 보이지만 구슬 하나만은 곡옥의 형태로 구부러져 있었다.

"수정이라고 들었지만 어쩌면 유리구슬일지도 모릅니다."

그렇게 말하는 사다 씨에게 홈즈 씨는 아니요, 하고 고개를 살짝 저었다.

"이것은 아마도 진짜 수정일 겁니다."

토모카 씨가 대단해, 하고 눈을 빛냈다.

"감정사는 돌에 대해서도 아시는군요."

"아니요, 전문 분야 밖이라서 자세히 알지는 못합니다. 다만 수정은 높은 열전도성 때문에 열이 바로 사라져서 유리구슬에 비해 딱딱하고 차갑게 느껴집니다."

"그러고 보니 항상 아주 차가웠어요. 이건 가치가 있는 물건인가요?"

글쎄요, 하고 홈즈 씨는 부적으로 시선을 떨어뜨렸다.

"사다 씨가 말씀하셨듯이 이것은 왠지 부적 같습니다. 돌로서 가치가 있다기보다 부적을 좋아하는 사람이 가치를 얼마나 느낄지가 중요하다고나 할까요."

"그렇군요, 요즘에는 개인 판매 앱으로 일본 전역의 부적이 팔리고 있으니까요."

사다 씨는 납득한 듯이 중얼거리고 부적으로 시선을 옮겼다.

"그래서 이게 어디의 부적인지 알아내셨나요?"

홈즈 씨는 면목이 없다는 듯이 눈썹을 내렸다.

"죄송합니다. 그것도 전문 분야가 아니라서 알지 못하지만, 제가 아는 전문가라면 알 겁니다. 사다 씨, 이것을 맡아서 지인에게 보여도 되겠습니까?"

그러자 그는 고개를 작게 저었다.

"죄송합니다, 그건 어릴 때부터 몸에서 떼지 말라고 신신당부를 받아서요. 가능하면 사진을 찍어서 보여드리면 안 될까요?"

"알겠습니다. 그러면 사진을 찍겠습니다."

홈즈 씨는 그렇게 말하고 스마트폰을 들고 수정의 촬영을 시작하면서 질문을 계속했다.

"그런데 이건 팔에 차지 않으시는 건가요?"

"실은 처음에는 팔에 찼는데 끊어지고 말았어요. 돌을 모두 주워서 이렇게 원래대로 이었지만, 또 끊어지거나 깨지면 곤란해서 복주머니 안에 넣고 있습니다."

흐음, 하고 홈즈 씨는 촬영하던 손길을 멈추고 수정으로 시선을 떨어뜨렸다.

나는 그런 홈즈 씨를 보면서 가만히 물었다.

"아는 전문가는 혹시 전에 여기 왔던 기도사를 말씀하시는 건가요?"

촬영을 계속하던 홈즈 씨는 손을 멈추고 네, 하고 입가를 끌어올렸다.

"카모 레이토 씨입니다."

4

사다 씨와 토모카 씨가 돌아간 후 그때까지 몸을 숨기듯이 카운터에 있던 코마츠 씨가 으차, 하고 주먹을 치켜들었다.

"정식 의뢰를 받았다! 이로써 거리낌 없이 조사할 수 있겠어. 개운치가 않아서 힘들었거든."

그러네요, 하고 홈즈 씨는 카운터 안에 들어가 코마츠 씨를 내려다보았다.

"그런데 부업은 괜찮으신가요?"

"일은 들어오고 있지만 뭐, 어떻게든 되겠지. 이렇게 마음에 걸리는 사건이 있으면 부업에 집중 못 해."

그렇게 말하고 코마츠 씨는 머리를 벅벅 긁었다.

홈즈 씨는 그렇겠네요, 하고 미소 지었다.

"아츠코 씨의 진의를 확실하게 밝히죠."

"맞다. 형씨는 정말 사다가 편모 가정인 게 상관있다고 생각해?"

코마츠 씨는 그렇게 물으며 턱을 괴고 홈즈 씨를 올려다보았다.

"뭐, 그렇겠지요. 그의 직업이나 외모에 대한 건 교제 전부터 알고 있었고, 가정 상황은 약혼 뒤에 알게 됐다면 가능성은 있지 않을까 합니다만."

홈즈 씨의 말을 들으면서 나는 괴로운 기분이 들었다.

"그때 토모카 씨도 말했지만, 아츠코 씨 본인이 어머니와 아들 둘이서 애써왔으니까, 그래서 반대한다는 건 납득이 가지 않아요."

그러자 코마츠 씨가 턱을 괴고 천장을 올려다보았다.

"나도 아가씨와 마찬가지로 생각했는데 말이야. 형씨가 '그렇기 때문에'라고 말했을 때 떠올랐어."

뭐죠? 라고 묻는 홈즈 씨.

"저쪽 모자 관계가 복잡한 것 같았어."

"아츠코 씨와 히로키 씨의 관계인가요?"

그 질문에 코마츠 씨가 그래, 하고 고개를 끄덕였다.

"아츠코 씨는 자신의 아들 히로키를 '내가 짊어진 업보'라고 했어."

"——업보인가요."

홈즈 씨는 미간을 찌푸리고 팔짱을 꼈다.

"어쩌면 아츠코 씨와 히로키 씨의 모자 관계를 조사하면 뭔가 힌트를 얻을 수 있을지도 모르겠네요."

"그럴지도 모르겠어."

코마츠 씨는 고개를 작게 끄덕이며 가게 안을 둘러보고 선반 위에서 시선을 멈추었다.

그곳에는 어젯밤 홈즈 씨가 강의해준 카메오 유리의 진품과 위작이 하나씩 놓여 있었다.

"어제 얼핏 보고 생각했는데, 저 비드로 같은 형태의 적자색 꽃병……."

네, 하고 우리도 병으로 얼굴을 돌렸다.

코마츠 씨가 말한 것은 갈레가 만든 진품이다.

"왠지 아츠코 씨 같아."

갈레의 저 병은 아름답지만 어딘가 독특한 독기가 있다.

아츠코 씨에 대해 잘 모르는 나는 감이 확 오지 않았지만 홈즈 씨는 코마츠 씨가 하고 싶은 말을 이해했는지 흐음, 하고 허리에 손을 댔다.

"코마츠 씨가 말씀하셨듯이 어쩌면 저 카메오 유리 같은 것일지도 모르겠네요……."

혼잣말처럼 나온 홈즈 씨의 말 뜻이 짐작가지 않아서 나와 코마츠 씨는 무심코 얼굴을 마주 보았다.

일단, 하고 홈즈 씨는 이야기를 계속했다.

"그녀의 숨겨진 생각을 부각시키죠."

"그래."

코마츠 씨는 살짝 기쁜 듯이 고개를 끄덕였다.

마침내 조사 개시.

옆에서 보는 나의 가슴도 뜨거워지기 시작해서 코마츠 씨와 마찬가지로 고개를 끄덕였다.

제2장 취재와 조사

1

아사이 토모카 씨와 사다 유타카 씨에게서 정식으로 의뢰를 받은 코마츠 씨와 홈즈 씨는 그대로 쿠라에서 이야기에 열중하고 있었다.

"아츠코 씨와 아들인 히로키 씨의 관계에 대해서는 기온의 소문에 밝은 부인의 힘을 빌리죠."

외부에서 조사하는 것보다 내부 사람이 더 자세한 정보를 아는 경우가 있다.

또한 어디에나 정보통인 부인은 있는 법이다.

이 부근으로 말하자면 양장품점의 미에코 씨일 거라고 내가 생각하고 있는데 코마츠 씨가 즉시 이 이름을 입에 담았다.

"카즈요 씨인가."

그도 상당히 기온에 익숙해진 듯했다.

"네, 물어보고 오겠습니다. 코마츠 씨는 사다 씨의 과거와 가정환경에 대해 조사해주시겠습니까? 그가 모르는 뭔가가 나올지도 모릅니다."

"내게 맡겨"라고 코마츠 씨는 대답했다.

의욕 가득한 두 사람을 앞에 두자 나도 거기에 이끌려서 기합이 들어갔다.

“저도 뭔가 할 수 있는 일이 있으면 도울게요!”

두 손을 움켜쥐고 말하자 홈즈 씨가 아니라며 고개를 저었다.

“아오이 씨는 해야 할 일이 잔뜩 있을 거예요. 이 이상 짐을 떠안으려 하지 말아요.”

단호한 말을 듣고 말문이 막혔다.

그의 말대로 지금의 나는 전람회에 집중해야 한다.

“……네.”

순순히 고개를 끄덕이는 내 모습을 보고 있던 코마츠 씨가 하하하 웃었다.

“형씨는 아가씨한테 물러서 아가씨가 하고 싶은 일이라면 뭐든 들어주는 줄 알았는데 확실하게 타이를 때도 있군.”

그럴 리가요, 하고 나는 고개를 가로저었다.

“뭐든 들어주는 경우는 없어요. 안 될 때는 안 된다고 해요.”

그렇게 말하자 홈즈 씨는 글쎄요? 하고 고개를 갸웃거렸다.

그때 딸랑딸랑, 하고 도어벨이 울리며 문이 열렸다.

“아오이 씨, 있어?”

연갈색의 살짝 길고 찰랑찰랑한 머리를 뒤로 한데 묶고 피부가 흰 미소년——실제로 소년의 나이는 아니지만——이 모습을 드러냈다.

진회색 더플코트에 녹색 목도리를 두른 점도 소년 같다.

그의 이름은 타키야마 리큐. 홈즈 씨의 동생뻘인 존재이자 가끔 이 가게를 돕는, 일단은 이 가게의 직원 중 한 명이다.

가게에 들어온 리큐는 홈즈 씨의 모습을 보고 눈을 빛냈다.

"와, 키요 형. 오늘은 있었구나."

"네, 최근에는 가끔 있어요."

"오너한테 들었어. 쿠라의 기념품으로 오리지널 노트를 만든다고."

오너는 지금 리큐의 어머니 요시에 씨의 집, 즉 리큐의 집에서 지내고 있었다.

"네, 그럴 예정이에요."

"그 노트 내가 디자인할게. 쿠라의 마크를 만들 때도 제외됐잖아. 나 역시 쿠라의 일원이야. 끼고 싶어."

적극적으로 나서는 리큐에게 홈즈 씨는 "좋아요"라며 고개를 끄덕였다.

"아직 아무것도 정해지지 않았으니 리큐가 해준다면 고맙죠. 그런데 오늘은 아오이 씨에게 무슨 볼일이 있는 건가요?"

그런 질문을 받고 리큐는 맞다, 하고 나를 보았다.

"자, 아오이 씨. 부탁받은 거 다 됐어. 이 안에 서류랑 USB가 들어 있어."

리큐는 퉁명스럽게 말하고 갈색 봉투를 카운터 위에 놓았다.

그대로 코마츠 씨에게 안녕하세요, 하고 인사를 했다.

"고마워, 리큐."

나는 봉투를 들고 가슴 앞으로 들었다.

아아, 하고 홈즈 씨는 납득한 듯이 고개를 끄덕였다.

"엔쇼의 전람회 설계도로군요."

설계도를 작성할 때 프로에게 의뢰해도 좋다고 홈즈 씨가 말해주었다.

그래서 나는 리큐에게 부탁했다.

"맞아, 또 부탁받았어. 하지만 이번에는 자원봉사가 아니라 제대로 일로 의뢰받았지만."

리큐는 어깨를 으쓱거리고 의자에 앉았다.

그는 교토 공예 섬유 대학에서 건축을 배우는 학생이다. 뉴욕 전람회에서도 리큐에게 설계도를 부탁했고, 그때 내 의도를 반영해 만들어준 것이 기억난다.

본 적 없는 프로보다 내게는 리큐가 훨씬 더 믿음이 간다.

이야기를 듣던 코마츠 씨는 즐거운 듯이 이쪽을 보고 있었다.

"그러고 보니 아가씨는 엔쇼의 전람회를 기획해주고 있다고 했지."

"해주다니요."

마치 가족 같은 말투에 우리는 무심코 웃었다.

"한 지붕 아래서 지내기 시작한 탓인지 왠지 멋대로 가족처럼 느껴서 말이야. 그렇게 보여도 같이 있으면 여러 얘기를 해 주거든."

부끄러운 듯이 머리를 긁적이는 코마츠 씨에게 리큐가 즉시 물었다.

"저기, 코마츠 씨. 그건 아버지 같은 기분이에요?"

"아버지라니, 그건 아니지. 엔쇼와는 아마 열 살 정도밖에 차이가 안 날 텐데. 굳이 따지자면 형 같은 기분이지."

그거 실례했습니다, 라며 리큐는 웃고 그러고 보니, 라며 물었다.

"엔쇼 씨는 어떻게 지내고 있어요?"

"어떻게……냐니, 뭐, 건강해. 하지만 저녁에 일어나는 걸 보아 밤낮이 바뀐 것 같아. 항상 있는지 없는지 알 수 없을 만큼 조용해."

이번에는 내가 물었다.

"그림은 그리고 있는 것 같아요?"

"아니, 안 그리는 것 같아. 그림에 대해 물으면 기분이 나빠져. 진짜 더 이상 그리고 싶지 않은 걸지도 몰라."

"……그런가요."

바로 침울해진 내게 홈즈 씨가 괜찮다며 미소 지었다.

"그만한 대작을 완성한 뒤이니 분명 의욕을 잃은 상태일 거예요. 아버지도 자주 그런 상태가 되잖아요."

돌이켜보면 점장님——홈즈 씨의 아버지이자 작가인 야가시라 타케시 씨도 대장편을 완성한 뒤에는 한동안 집필을 할 수 없는 상태에 빠진다.

창작자는 그런 존재일지도 모른다.

그런 이야기를 들으면서 문득 생각이 나서 나는 코마츠 씨를 보았다.

"앗, 맞다. 저기, 코마츠 씨."

"뭐야, 아가씨."

"조만간 엔쇼 씨를 밀착 취재하려 해요."

"밀착 취재?!"

모두의 목소리가 겹쳐졌다.

코마츠 씨와 리큐는 입을 떡 벌렸고, 홈즈 씨는 눈을 부릅뜨고 있었다.

"네. 다시금 '엔쇼'라는 창작자를 저 나름대로 알고 싶어서요. 엔쇼 씨는 대개 몇 시쯤이면 사무소에 있나요?"

내가 질문을 하자 홈즈 씨는 당황하며 시선을 이리저리 움직였다.

"미, 밀착이라니, 그런 건 안 된다."

"키요 형, 실제로 몸을 밀착하는 게 아니야."

리큐가 실소하자 홈즈 씨는 날카로운 시선을 보냈다.

"그런 건 알고 있어요."

알고 있던 거야? 라고 되묻는 코마츠 씨.

"물론입니다. 하지만 오랫동안 단둘이 이야기를 나누는 거죠? 그러면 안 된다, 참말로 안 된다……. 맹수 우리에 귀여운 토끼를 넣는 거나 마찬가지 아니가."

"귀여운 토끼라니. 굳이 따지자면 아가씨는 족제비잖아."

코마츠 씨의 말에 리큐가 흐음, 하고 감탄한 듯한 목소리를 냈다.

"과연, 아오이 씨는 족제비구나. 확실히 그런 분위기가 있을지도 모르겠어."

"그치? 아가씨의 뜬금없는 느낌이 말이야."

"응, 바위에서 나올 것 같아요."

바위라니…… 라며 나는 얼굴을 굳혔다.

그런 태클 걸 곳 많은 대화도 홈즈 씨의 귀에는 들리지 않는 듯했다.

"이봐, 아가씨, 형씨가 큰일이야."

"맞아, 아오이 씨. 저런 키요 형은 별로 보고 싶지 않아. 어떻게 좀 해줄래?"

코마츠 씨와 리큐의 말을 듣고 나는 "어떻게라니"라고 당황하며 홈즈 씨를 올려다보았다.

"저기, 홈즈 씨. '밀착'이라는 말이 이상했죠? 그저 이야기를 듣고 싶을 뿐이에요. 만약 걱정된다면 홈즈 씨도 같이 올래요?"

"그래그래, 키요 형도 동행하면 걱정은 없겠네."

"맞아, 형씨도 같이 가면 문제없네."

즉시 리큐와 코마츠 씨가 지원해주었다.

홈즈 씨는 순간 입을 다물었지만 잠시 후 냉정함을 되찾은 듯한 표정으로 고개를 가로저었다.

"……아니요, 그는 내가 옆에 있으면 너무 날카로워져서 취재가 되지 않을 거예요. 그렇게 긴 시간이 아니라면 흡족할 때까지 엔쇼에게 이야기를 듣고 와요."

아주 내키지 않는다는 듯이 중얼거리는 홈즈 씨의 모습을 앞에 두고 리큐와 코마츠 씨는 웃음을 참듯이 어깨를 조금씩 떨고 있었다.

다음 순간 홈즈 씨가 노려보자 두 사람은 자세를 바로 했다.

코마츠 씨가 맞다, 라고 허둥대며 말했다.

"엔쇼라면 오후 3시쯤이면 있는 경우가 비교적 많은 것 같아."

감사합니다, 라고 나는 인사했다.

홈즈 씨는 그럼, 하고 마음을 다잡은 듯이 나와 리큐에게 시선을 돌렸다.

"나는 지금부터 기온에 갈 생각이에요. 두 사람에게 가게를 부탁해도 될까요? 아오이 씨, 만약 폐점 시간이 돼도 내가 오지 않으면 리큐에게 맡기고 귀가해도 상관없어요."

지금은 오후 5시. 폐점 시간까지 홈즈 씨가 돌아오지 않을 가능성은 충분히 있었다.

"네, 알았어요."

내가 고개를 끄덕이는 옆에서 리큐는 뜬금없다는 듯이 응? 하고 자신을 가리켰다.

"나한테 맡기라니……."

"당신도 쿠라의 일원이니까요. 아니면 볼일이 있었나요?"

없기는 한데, 라며 리큐는 입을 삐죽였다.

"앗, 그러면 오늘 밤 같이 밥 먹자. 가끔은 둘이서."

"네, 좋아요."

아자, 라며 리큐는 두 주먹을 쥐었다.

리큐의 홈즈 씨 선호는 여전하다.

"그러면 나도 돌아가서 조사를 해야겠군."

코마츠 씨는 이렇게 말하며 일어섰다.

"그러면 아오이 씨, 리큐, 잘 부탁해요."

홈즈 씨는 코트를 걸치고 코마츠 씨와 함께 가게를 나갔다.

리큐는 할 수 없네, 라고 말하며 소파에 털썩 앉았다.

"리큐, 커피 타줄게."

"고마워. 앗, 쿠라 머그컵에 타줘. 나도 직원 중 한 명이니까."

알았다며 고개를 끄덕이고 나는 탕비실로 들어가 커피 준비를 했다. 1인분이라서 순식간에 탔다. 커피를 쿠라 머그컵에 붓고 리큐 앞에 내놓았다.

"자."

"고마워. 그런데 아오이 씨는 기획서 다 썼어?"

"거의. 네가 만들어준 이 설계도를 포함시키면 완성이야."

"고베의 유리 창작자와 콜라보한다는 얘기 말인데."

리큐는 머그컵을 손에 들면서 고베 키리코라고 했지? 라고 이야기했다.

나는 응, 하고 고개를 끄덕였다.

고베 키리코란 에도 키리코와 사쓰마 키리코, 덴마 키리코에 감명을 받은 젊은 유리 창작자들이 '현대에도 멋진 키리코를 만들자'는 뜻 아래 만든 팀이다.

그의 말대로 엔쇼의 전람회는 고베 키리코와 콜라보할 예정으로 기획을 진행하고 있다.

"뭐랄까, 작품에 방해되는 거 아닐까?"

리큐는 단어를 고르며 말하기 어려운 듯이 이야기를 꺼냈다.

엔쇼의 작품은 보는 사람에게 강한 임팩트를 남긴다.

장식도 콜라보도 불필요하다, 오히려 방해가 되는 것은 아닐까, 라고 생각한 것이리라.

"……네가 무슨 말을 하고 싶어 하는지는 알아. 하지만 분명 멋지게 될 것 같아."

내 머릿속에는 이미지가 만들어져 있다. 그것을 제대로 전달할 수는 없는 것이 조금 안타까웠다.

리큐는 그래? 라며 머그컵을 테이블에 놓았다.

"그럼 다행이고."

어? 하고 당황하는 내게 리큐는 씩 하고 하얀 이를 보였다.

"자신이 있는 것 같아서."

"자, 자신은 무슨……."

"새로 바꾼 쇼윈도도 밖에서 봤어. 꽤 좋더라. 가게 앞을 지나가는 사람도 힐끗거렸고."

늘 칭찬해주는 홈즈 씨와 달리 리큐에게 칭찬을 받는 일은 거의 없다. 드문 일에 기쁨보다 낯간지러움을 느꼈다.

하지만, 하고 리큐는 턱을 괴었다.

"뭔가 좀 부족한 느낌이 들어."

리큐의 예리함에 가슴이 덜컹 했다.

원래 저 디스플레이는 크리스마스 시장의 그림을 놓아야 완성되는 것이었기 때문이다.

동시에 홈즈 씨의 괴로운 표정이 머리를 스쳤다.

어쩌면 리큐라면 뭔가 알고 있을지도 모른다.

"저기 리큐……. 묻고 싶은 게 있는데."

나는 주저하며 주머니에서 스마트폰을 꺼냈다.

뭔데? 라며 리큐가 고개를 갸웃거리고 나를 올려다보았다.
"이 그림에 대해 아는 거 있어?"
그 그림의 사진을 보이자 리큐의 안색이 순식간에 변했다.
"이 그림이 왜?"
"2층 창고에 있었어."
아직 남아 있었구나……, 라고 리큐는 혼잣말처럼 중얼거렸다.
"남아 있었다니?"
내가 그렇게 묻자 리큐는 곤란한 듯이 머리를 긁적이고 일어섰다.
"아, 나 해야 할 리포트가 있어. 저기 카페에 가 있을게. 폐점 시간까지는 돌아올 거야."
도망치듯이 나간 리큐의 등을 배웅하면서 나는 당황하며 스마트폰으로 눈길을 떨어뜨렸다.
이렇게나 부드럽고 따듯한 그림인데…….
"대체 이 그림에 어떤 비밀이 있는 거지?"
나는 이해할 수 없어서 고개를 갸웃거렸다.

2

한편 키요타카는 기온의 카즈요네 집——이 아니라 코마츠 탐정 사무소에 있었다.

우연히 혼야마치 길에 접어들다 당사자인 카즈요를 만났기 때문이다.

"——어머, 나한테 오는 길이었다고? 그러면 마침 잘 됐다."

초로의 여성 카즈요는 사무소의 검은 가죽 소파에 앉아 즐겁게 웃으며 찻종을 손에 들고 있었다.

그녀는 원래 마이코였다. 그 뒤에 게이샤가 되었다가 오키야*를 하다 현재는 은퇴해 기온의 마치야에 살고 있다.

지금은 현역 사장의 고민 상담을 받는, 기온에서는 유명한 존재다.

"오하기**를 많이 만들어서 나눠주러 여기로 오는 길이었어."

카즈요는 그렇게 말하고 옆에 둔 보자기 꾸러미를 테이블 위로 옮겼다.

"그러셨군요. 감사합니다."

키요타카는 그녀의 맞은편에 앉은 상태로 미소 지었고, 코마츠는 평소대로 소장 책상에 앉은 채 "항상 신세지네요"라며 인사를 했다.

코마츠가 책상에 있는 건 이야기를 들으며 컴퓨터를 조작해 일을 하기 때문이다.

---

* 마이코와 게이샤가 머무는 가게.

** 멥쌀과 찹쌀을 섞어 쪄서 가볍게 친 다음 동그랗게 빚어 팥소, 콩가루 등을 묻힌 떡.

"카즈요 씨의 오하기, 기쁘네요. 감사합니다."

카즈요가 나눠주는 음식은 처음 받는 게 아니다.

과자에 유부 초밥 등을 몇 번 받았다.

오하기는 두 번째인데 아주 맛있어서 솔직히 기뻤다.

코마츠가 어색하게 인사하자 아니라며 카즈요는 웃고 얼굴을 들었다.

"가끔 엔쇼 짱의 얼굴도 보고 싶었는데 오늘은 만나서 기쁘네요."

그녀의 시선 끝에는 엔쇼의 모습이 있었다.

엔쇼는 이야기를 듣고 2층에서 내려온 참이다.

"'엔쇼 짱'이라니요"라며 엔쇼는 쓴웃음을 지었다.

코마츠는 어깨를 살짝 떨었다.

이 남자에게 '짱'을 붙여 부르는 사람은 지금까지 없었으리라.

생각해보면 테라마치 길에는 키요타카에게 짱을 붙여 부르는 부인도 있었다.

"교토의 부인들은 무섭네."

코마츠가 볼에 힘을 풀며 조용히 중얼거렸다.

엔쇼는 못 말리겠다는 기색으로 부엌으로 향해 냉장고에서 미네랄워터를 꺼냈다.

"그런데 묻고 싶은 게 뭐니?"

카즈요는 찻종을 놓고 눈을 활처럼 가늘게 떴다. 미소 짓고 있지만 박력이 느껴졌다. 이건 '대체 뭘 물을 셈이지?'라는 경계심이리라.

키요타카는 싱글거리는 표정 그대로 입을 열었다.

"타도코로 아츠코 씨와 히로키 씨의 모자 관계에 대해서예요."

그 질문은 카즈요에게 의외였는지 눈을 깜빡였다.

"그 두 사람한테 또 무슨 일 있었어?"

"기온에 2호점을 낸다는 이야기는 아세요?"

"그야 물론. 이번에는 아츠코 씨가 오너고 히로키한테 가게를 맡긴다지? 그걸 걱정하는 거야?"

"그것도 조금은요."

"하지만 이제 바가지는 안 씌우잖아."

"그렇게 믿고 싶지만 아츠코 씨는 히로키 씨——자기 아들을 자신의 업보라고 했어요. 왜 그런 말이 나왔는지도 신경 쓰여서요."

아아, 하고 카즈요는 괴로운 표정을 보였다.

부엌에 있던 엔쇼도 이야기가 신경 쓰였는지 과거에 자신이 썼던 책상에 시치미를 뗀 얼굴로 앉았다.

그렇겠지, 라며 카즈요는 숨을 토했다.

"히로키는 어릴 때는 착한 애였지만 사춘기가 지나고 비뚤어졌는지 골치 아픈 애가 됐어. 잘 안 풀리는 일이 있으면 '어차피 나는 뭘 해도 잘 안 될 숙명이야' 같은 말을 자주 했대."

"숙명이라니요?"

키요타카는 고개를 살짝 갸웃거리며 조용히 물었다.

코마츠도 같은 마음으로 카즈요의 말을 기다렸다.

"잘 몰라. 그리고 초조했는지 성공하려고 몸부림치다 이윽고 수단을 가리지 않게 됐어. 도박으로 일확천금을 노리거나 자해 공갈범 같은 짓을 해 남에게 트집을 잡아 돈을 뜯어내거나……. 한편 미인계 혐의로 경찰에 불려간 적도 있어. 그런 문제를 일으킬 때마다 아츠코 씨가 아들의 뒤치다꺼리를 했지. 성격도 뭐랄까, 비뚤어진 면이 있어서 무슨 일을 당하면 반드시 복수하려고 들고."

"최악이데이."

엔쇼는 중얼거렸다.

모두 같은 마음이지만 입 밖으로 내지 마, 라고 생각하며 코마츠는 쓴웃음을 지었다.

"그런 히로키도 돈이 그럭저럭 있으면 마음이 차분해지는 상태가 된다고 해. 그래서 바가지를 씌우는 가게를 했을 때는 기분이 좋았던 것 같아. 그래도 매상이 떨어지면 날카로워져서 가게 애들한테 소리를 마구 질렀다고 하지만."

키요타카는 납득이 간 듯이 고개를 세로로 흔들었다.

"그러면 그 가게가 없어지고 아츠코 씨는 다시 힘든 상태에 빠졌다는 거네요."

"그렇겠지. 아츠코 씨도 그 애를 성실하게 일하게 만들려고 했지만, 평범하게 일하면 그렇게 바로 돈이 들어오지 않잖아? 어디를 가도 오래 못 있었어."

"히로키 씨 때문에 고생을 한 건 알겠지만 '업보'라는 건 무슨 뜻이라고 생각하세요?"

그렇게 묻자 모르겠다며 카즈요는 고개를 갸웃거렸다.

"나도 아츠코 씨에게 '편모 외아들이라서 힘들겠어요'라고 말한 적이 있다. 그때는 '그 애는 더 이상 어쩔 수가 없어요'라고 했어. 히로키한테도 '엄마한테 너무 걱정 끼치면 안 된다'라고 한 적이 있어. 그랬더니 '저는 이제 어쩔 수가 없어요'라고 하더라."

아츠코는 아들을 '그 애는 더 이상 어쩔 수가 없어요'라고 했고, 아들은 아들대로 '저는 이제 어쩔 수가 없어요'라고 했다.

키요타카는 눈살을 찌푸리며 팔짱을 꼈다.

"왜 그런 소리를 했을까요?"

글쎄, 라며 카즈요는 볼에 손을 댔다.

"다만 아츠코 씨도 고베의 남편 집에서 도망치듯이 나왔을 거야."

그 말에 키요타카는 어라? 하고 고개를 갸웃거렸다.

"아츠코 씨는 미망인이 아니었나요?"

맞는다며 코마츠도 동의했다.

카즈요는 실수했다는 표정으로 입에 손을 댔다.

"어머, 나 좀 봐. 입이 멋대로 움직였네. 그 시절에는 이혼하고 친정으로 돌아오는 게 지금보다 보기가 흉해서 남편이 죽어서 돌아왔다고 둘러대기도 했어."

그런 거였군요, 라고 키요타카는 맞장구를 쳤다.

"그래도 나처럼 아는 사람은 알지만. 아츠코 씨가 기온으로 막 돌아왔을 때 멍투성이였어. 남편은 엄청난 자산가지만 천성이 상당히 거친 사람이었나 봐. 히로키는 찰과상 하나 없었고. 분명 아츠코 씨가 몸을 던져 보호했겠지."

애처로운 모습이 눈에 선해서 코마츠는 그것을 떨쳐버리듯이 머리를 흔들었다.

카즈요는 휴우, 하고 한숨을 내쉬고 시계가 눈에 들어왔는지 정신을 차린 듯이 일어섰다.

"그러면 슬슬 갈게. 사미센 연습이 있어서."

사미센은 카즈요가 배우는 게 아니라 가르치는 쪽이다.

"시간을 뺏어서 죄송합니다."

"아니다. 그러면 또 보자."

싱긋 미소 짓고 카즈요는 사무소를 나갔다.

카즈요의 모습이 보이지 않게 되자마자 코마츠는 휴우, 하고 숨을 내쉬었다.

"아츠코 씨도 고생했구나……."

코마츠는 그렇게 중얼거리고 이야기를 계속했다.

"이런 얘기를 들으니 아츠코 씨가 토모카 씨와 사다 씨의 결혼을 반대하는 데도 어쩌면 깊은 의미가 있을지도 모른다는 생각이 들어."

그러네요, 하고 키요타카는 코마츠에게로 다가갔다.

"일단 아츠코 씨의 전 남편에 대해 조사해주시겠어요?"

그래야지, 라며 코마츠는 키보드로 손을 뻗었다.

엔쇼는 안타깝데이, 라고 중얼거리고 일어섰다.

"하지만 방금 얘기를 들으면 히로키는 집념이 깊은 남자인 것 같데이. 그 자슥을 모욕하고 가게를 닫게 만든 댁한테 복수하는 거 아이가?"

그 생각은 코마츠의 머리를 스치기도 했다.

키요타카와 우리 사무소는 원한을 산 게 아닐까 하고.

코마츠가 동요한 기색을 보이는 옆에서 키요타카는 킄, 하고 어깨를 떨었다.

"그런 건 만약 당하면 되갚아줄 겁니다. 저를 적으로 돌리려는 생각을 더 이상 못 하게 만들고 싶네요."

웃음을 띠며 말하는 키요타카를 보고 코마츠의 등줄기가 선뜩해졌다.

그랬다. 히로키보다 키요타카가 수백 배나 무서운 남자다.

엔쇼는 "무섭데이"라며 얼버무리듯이 어깨를 으쓱거리고 등을 돌렸다.

그대로 재킷을 걸쳤다. 아무래도 외출하는 듯했다.

"맞다, 엔쇼."

키요타카의 말에 엔쇼는 발걸음을 멈췄다.

"아오이 씨가 당신과 하고 싶은 이야기가 있답니다. 만약 특별한 볼일이 없다면 쿠라에 들러주지 않겠어요?"

엔쇼는 흐음, 하고 거짓 웃음을 지었다.

"가게에 내랑 둘이 있어도 괜찮겠나?"

"리큐가 있어서요."

키요타카는 아무렇지 않게 말을 이었다.

"아, 그런 거구먼. 뭐, 마음이 내키면 생각해보겠데이."

아무래도 좋다는 식으로 말하고 엔쇼는 사무소를 나갔다. 기분 탓인지 발걸음이 빨라 보였다.

"……저 녀석 지금 당장 가는 거로군. 의외로 귀여운 녀석이야."

"귀여워요? 저로서는 조바심이 납니다만."

코마츠는 풋, 하고 웃음을 터뜨렸다.

"그야 그렇겠지. 하지만 형씨도 생각했군. 리큐가 있는 쿠라에서 취재한다면 위험은 없을 거야."

코마츠가 고개를 연신 끄덕이자 키요타카는 작게 숨을 내쉬었다.

“사실은 알고 있어요.”

오도카니 중얼거린 말에 코마츠는 “응?” 하고 얼굴을 들었다.

키요타카는 갑자기 웃음을 지어 보였다.

3

밖으로 나서자 으슬으슬한 추위가 스며들었다.

지금껏 경험한 바로는 교토는 간사이권에서 가장 추울지도 모른다.

엔쇼는 몸을 살짝 움츠리고 모자를 썼다.

바짝 민 머리로 추위를 견뎌야하기 때문이다.

“그럼.”

시조 길까지 나와서 엔쇼는 발걸음을 멈췄다.

그대로 오른쪽으로 가면 폰토초다.

특별히 볼일이 있었던 건 아니다.

사무소를 나설 때는 이대로 동네를 어슬렁대다 술이라도 마시자고 생각했다.

하지만 지금은 키요타카가 한 말이 머릿속에 확실하게 박혀 있었다.

“뭐, 시간 때우기데이.”

마치 변명하듯이 중얼거리고 엔쇼는 시조 길을 왼쪽——서쪽으로 돌았다.

테라마치 길에 다다라 북상하자 쿠라에 도착했다.

아오이는 거기에서 평소처럼 먼지떨이를 들고 청소라도 하고 있으리라.

그 모습을 상상하자 엔쇼의 볼이 살짝 풀어졌다.

아오이가 묻고 싶어 한다는 이야기는 아마 전람회에 대한 거겠지.

"전람회라."

작은 목소리로 중얼거리고 큭, 하고 웃었다.

야가시라 저택이 아무리 대저택이라 해도 어디까지나 개인 주택.

말하자면 '전람회 흉내'다.

그렇다 해도, 라며 엔쇼는 시선을 떨어뜨리고 자신의 손바닥을 봤다.

위작만 그려온 자신에게 전람회를 여는 날이 찾아올 줄은 꿈에도 몰랐다.

애초에 위작이 시작이었다.

술에 찌들어 붓을 들 수 없게 된 아버지 대신 나는 그림을 그리기 시작했다.

엔쇼는 걸으면서 과거를 돌이켜보고 자조적으로 웃음을 지었다.

아버지가 죽은 뒤에도 위작 제작을 계속하다 이제 모든 것에 염증이 생겼을 때 아버지의 작품으로 마지막에 완성한 그림을 떠올렸다.

〈태장계 만다라〉

깨달음을 그린 부처의 세계. 그곳에 몸을 던지고 싶어서 그 절에 들어갔다.

'만다라에서 부처의 세계에 흥미를 가진 게 계기라고? 그러면 이 절이 아니라 토지로 갔어야지.'

선배 승려들은 그렇게 말하고 웃었다.

만다라란 구카이가 밀교의 세계를 눈에 보이는 형태로 나타낸 것이다.

구카이와 인연이 있는 절의 대표는 교토에서는 토지다.

'그건 어디까지나 계기에 지나지 않습니데이.'

그렇게 대답했지만 사실 그저 내게 지식이 없었다.

의뢰받아 만다라를 그리고 매료됐을 뿐.

불교는 뿌리는 어디든 똑같을 것이라고 생각했다.

그러면 왜 난젠지였을까.

온갖 절에 가보고 끌린 곳이 난젠지였다.

경내에 녹아드는 스이로카쿠는 이단을 부드럽게 받아들이고 있는 것처럼 보여서 이곳에서 여생을 보내고 싶다고 생각했다.

그런데 그런 평온한 은거 생활에 종지부를 찍은 건 야가시라 키요타카의 존재를 알았기 때문이다.

왜 그에게 지나치게 반응했는지 지금이라면 안다.

외모, 재능, 환경 모두 축복받은 야가시라 키요타카는 나의 동경을 응축한 듯한 존재였다.

몇 번 맞부딪친 결과 나는 감정사의 길을 목표하기로 했다.

표면상으로는 그 남자와 같은 곳에 서서 정정당당하게 쓰러뜨리고 싶다. 졌다며 내 앞에 머리를 숙이게 하고 싶다고 생각했다.

하지만 열등감이 더 부각되고 말았다.

나는 무슨 짓을 해도 야가시라 키요타카가 될 수 없다는 것을 깨달았다.

냉정하게 생각하면 그건 당연하다.

하지만 감정이 따라오지 못했다.

상하이의 와이탄에서 감정사는 무리라며 호텔에서 뛰쳐나왔다.

그 후 야가시라 키요타카가 건 전화를 받고 스마트폰을 한 손에 들고 울먹이면서 그 남자에게 화풀이를 했다.

그날 밤 일을 떠올리자 부끄러워서 도망치고 싶어졌다. 지금까지 살아온 인생에서 그렇게 감정을 드러내며 누군가에게 부딪친 적이 없었기 때문이다.

동시에 그런 자신에게 웃음이 나와서 엔쇼는 어깨를 희미하게 들썩였다.

"기묘한 일이데이……."

그 후 야가시라 키요타카는 아오이를 도와달라며 내게 머리를 깊이 숙였다.

아오이를 구하기 위해 작품을 완성해야 한다.

그렇게 생각하자 마음속에서 힘이 솟아나는 것 같았다.

새하얀 큰 캔버스에는 이미 그림이 보이고 있었다.

내게 남은 것은 그것을 얼마나 아름답게 그리느냐 뿐이다.

붓이 내 몸의 일부가 되고 피가 통하는 게 아닐까 생각할 만큼 한몸이 되어 그 그림 〈밤의 예원〉을 완성할 수 있었다.

이윽고 안 아버지의 비밀――아시야 타이세이의 진상.

모든 것을 깔끔하게 정리한 야가시라 키요타카는 아오이를 만나겠다고 말하고 망설임 없이 상하이를 뒤로해 뉴욕으로 떠났다.

그때는 어이없음을 넘어 시원함마저 느꼈다.

그 뒤의 일을 떠올리고 엔쇼는 가만히 웃었다.

키요타카가 사라지고 곧 엔쇼는 상하이의 대부호이자 지우 이린의 아버지인 지우 지페이에게 별실로 호출을 받았다.

지우 씨는 진지한 눈빛으로 〈밤의 예원〉을 사고 싶다며 테이블에 아무것도 적히지 않은 수표와 펜을 내밀었다.

'거기에 자네가 생각하는 숫자를 적게.'

그렇게 말해서 엔쇼는 네? 하고 미간을 찌푸렸다.

'작가인 자네가 그 그림의 금액을 정해주게.'

지우는 작가가 부르는 가격으로 그 그림을 사겠다고 했다.

내가 그린 그림에 가격을 매기는 것은 처음 있는 일이다.

그때의 감정은 형용하기 어렵다.

물론 생각했다. 대체 얼마일까, 라고.

상대는 대부호.

마음대로 적으라고 했다. 몇 억이라도 적어버리자.

10억이라고 적으면 이 대부호는 어떤 얼굴을 할까?

애초에 10억은 0이 몇 개지?

비웃듯이 그런 생각을 했지만 펜을 들었을 때 손이 떨리고 있는 것을 깨달았다.

조용한 방에 침을 꿀꺽 삼키는 소리가 울린 것 같았다.

――내 작품에 그런 가치가 있을까?

〈밤의 예원〉 그림을 떠올릴 때마다 아오이의 얼굴도 떠오른다.

펜을 놓고 작게 웃었다.

'죄송합니데이. 역시 그 그림은 못 팔겠습니더.'

그 그림은 그녀를 위해 그린 것이라고 그때 마음속으로 이어 말했다.

하지만 그것은 허세이자 나에 대한 명분이기도 했다.

사실은 무서웠다.

고명한 화가의 위작이 아무리 비싸게 팔려도 동요한 적은 없었다.

그 화가의 진품이라고 믿으니 뭐, 당연하겠제.

그런 감각이었다.

하지만 내 작품이 되자 가격을 얼마나 매겨야 좋을지 알 수 없었다.

그래서 나는 도망쳤다.

그만 야가시라 키요타카가 곁에 있었다면, 이라고 생각하고 말았다.

그 남자가 여기에 있다면 〈밤의 예원〉을 결코 싸게 팔게 두지 않고 그래도 적절한 가격을 알려줬을 것이다.

그런 생각을 하면서 걷자 어느새 골동품점 쿠라의 앞까지 와 있었다.

엔쇼는 제정신으로 돌아와 발걸음을 멈추고 목을 뻗었다.

"…………."

창문으로 가게 안이 살짝 보였다.

역시 아오이는 청소에 힘쓰고 있었다. 여기에서는 보이지 않지만 카운터에서는 리큐가 마지못해 가게를 보고 있으리라.

아오이와 단둘이 있지 않아 유감이지는 않다. 실은 오히려 마음이 편하다.

그렇게 생각하면서 문을 열자 평소처럼 도어벨이 딸랑딸랑, 하고 울었다.

가게에 있던 아오이가 고개를 돌리고 앗, 하며 눈을 크게 떴다.

"어서 오세요, 엔쇼 씨."

"안녕하신가. 뭐고, 내한테 할 얘기가 있다고?"

"홈즈 씨에게 들었나요?"

하모, 라고 고개를 끄덕이자 아오이는 후훗, 하고 웃었다.

"맞아요. 말씀을 듣고 싶어서요. 앉으세요."

그렇게 말하고 아오이는 의자를 뺐다.

재킷과 모자를 스탠드 옷걸이에 걸고 엔쇼는 카운터로 시선을 돌렸다.

그곳에 리큐의 모습은 없었다.

"혹시 혼자가?"

"네. 아까까지 리큐가 있었지만 폐점까지 근처 카페에서 리포트를 쓰러 갔어요."

"……이건 그 남자도 예상 밖이었을 거데이."

의자에 앉으면서 결국 단둘이구먼, 하고 엔쇼는 이마에 손을 댔다.

그 중얼거림은 아오이에게 들리지 않은 듯했다.

"커피 탈게요."

가벼운 발걸음으로 카운터 안으로 들어가 그대로 탕비실로 향했다.

"맞다. 쿠라의 직원용 머그컵을 만들었어요. 저희는 쿠라 머그라고 부르는데 엔쇼 씨도 써보실래요?"

탕비실에서 아오이가 말을 걸었다.

"쿠라 전용이라면 그것도 고가가?"

"아니요, 점장님이 편하게 쓸 수 있도록 하자고 하셔서 일반 머그컵이에요."

"그라믄 그게 좋다. 비싼 건 몸에 안 맞으니."

아오이는 작게 웃고 쟁반을 들고 탕비실에서 나왔다.

"드세요."

쿠라 머그는 아오이가 말한 대로 일반 머그컵이었다. 입 대는 부분을 향해 살짝 넓어지고 색은 차분한 터키즈 블루로, 아래쪽에 'Kura'라고 사인이 들어가 있는 게 특징이다.

고맙데이, 라고 인사하고 엔쇼는 커피를 입으로 가져갔다.

아오이가 탄 커피도 꽤 맛있었다.

이렇게 둘이 있으니 살짝 긴장이 느껴지고 앉아 있기 불편해서 엔쇼는 어렴풋이 웃었다.

"그래서 얘기는 뭐고?"

침묵을 견디지 못하고 묻자 아오이는 주머니에서 메모장과 펜을 꺼냈다.

"화가로서 엔쇼 씨에게 여쭙고 싶은데요."

진지한 얼굴로 그런 말을 꺼낸 아오이를 보고 무심코 웃음을 터뜨렸다. 그때까지 품고 있었던 희미한 긴장도 날아간 것 같았다.

"뭐고 그건."

하지만 아오이는 개의치 않고 질문을 계속했다.

"그리기에 적합한 시간이 있나요?"

뭐? 하고 엔쇼는 미간을 찌푸렸다.

"예를 들어 아침에 일어나 밝은 햇빛이 비치는 가운데 그리기 시작하는 경우가 많다든가요."

아아, 하고 엔쇼는 턱을 괴었다.

그릴 때 시간을 의식한 적은 없었다.

"글쎄……. 생각해보면 밤에 그리기 시작하는 경우가 많은 것 같다."

붓을 들고 일사불란하게 그리다가 아침 해를 느끼고 정신을 차린다.

그 무렵에는 작품이 거의 완성돼 있는 경우가 많다.

그것을 아오이에게 말하자 훗, 하고 웃었다.

"몸도 식어 있어서 그대로 뜨거운 욕조에 들어간다."

생각해보면 이게 지복(至福)의 한때다.

뜨거운 물에 잠기면 차가워진 피부가 찌릿찌릿하고 반응한다.

목표를 달성했다는 감각이 온몸에 퍼져간다.

흥미롭게 이야기를 듣던 아오이가 조금 이상하다는 듯이 물었다.

"그런데 왜 그렇게 몸이 차가워지는 건가요?"

"유화의 경우에는 물감 냄새가 강렬하다. 그래서 창문을 활짝 열고 그린데이."

좁은 방을 아틀리에로 쓰는 경우에는 큰일이다.

아버지도 연립주택의 방에서 창문을 활짝 열고 그림을 그렸다.

그래도 주위에 폐를 많이 끼쳤는지, 좁은 자택에서 유화를 계속 그리기는 힘들겠다고 생각한 아버지는 수채 물감과 아크릴 물감을 쓰게 됐다.

아크릴 물감은 수채 물감처럼 다루기 쉽고 유화 같은 중후함을 낼 수 있다. 냄새도 적고 빨리 마른다.

아버지의 작품, 즉 아시야 타이세이의 작품은 아크릴 물감을 쓴 게 많다.

키요타카에게 보내서 이 쿠라에 있는 〈소주〉도, 그리고 〈밤의 예원〉도 그랬다.

〈밤의 예원〉은 그리기 전에 키요타카에게 〈소주〉와 같은 기법으로 그려달라는 지정을 받았다.

만약 유화를 그려야 했다면 호텔 방이 아니라 아틀리에를 빌릴 필요가 있었을 것이다.

옛날의 명작은 유화가 많다.

위작 제작을 했던 시절에는 아다시노의 사람이 거의 살지 않는 낡은 연립주택을 아틀리에로 삼았다. 그곳으로 정한 건 그 장소와 가까웠던 점과 옛날에 살았던 연립주택과 비슷했던 점 때문일지도 모른다.

그 집으로 키요타카를 불러 암호 해독 장치를 설치했던 일이 그립다.

"작업 중에 음악을 틀기도 하시나요?"

과거를 돌이켜보던 엔쇼는 바로 제정신으로 돌아왔다. 아오이의 말을 곱씹고 다시 웃음이 나와서 엔쇼는 어깨를 떨었다.

"음악이라니. 그렇게 우아한 느낌으로 작업 안 한다."

"그릴 때는 무슨 생각을 하시나요?"

그 질문에는 말문이 막혔다.

같은 질문을 몇 번이고 받은 적이 있다. 그때마다 '글쎄, 이런 저런 생각을 한다' '달리 아무것도 생각 안 한다'라고 대충 대답했던 것 같다.

하지만 새삼 생각해보면 난 무슨 생각을 하고 있었을까?

엔쇼는 입을 다물고 팔짱을 꼈다.

아오이는 서두르지 않고 가만히 대답을 기다렸다.

"……모르겠다. 여러 생각을 하는 것 같기도 하고 아무 생각도 안 하는 것 같기도 하다. 무엇보다 그동안 나는 그림 속에 들어가 있다."

"그림 속에……."

아오이가 침을 꿀꺽 삼켰다.

"그건 어떤 느낌인가요?"

파고들 듯이 묻자 엔쇼는 고개를 갸웃거렸다.

"어떠냐니. 극단적인데, 발은 땅에 붙어 있지만 내 상반신이 그림의 세계에 있는 감각이다."

이 감각을 언어화한 건 처음이었다. 내가 한 말이지만 재미있다는 생각이 들었지만 곧 무슨 소리를 하는 거냐며 엔쇼는 머리를 긁적였다.

"……멋지네요."

오도카니 나온 아오이의 말에 엔쇼는 얼굴을 들었다.

"그렇게 몰두해서 그리고 계시는 거네요……."

아오이는 진지하게 중얼거리며 카운터를 나와 가게 안을 걸었다.

어디로 가나 했더니 중국 고미술 코너 앞이었다.

그곳에 〈소주〉와 〈밤의 예원〉, 두 회화가 장식되어 있었다.

"이 그림도 그렇게 몰두해 그리셨나요?"

아오이의 질문을 받고 엔쇼도 일어나 그림 앞으로 향했다.

옆까지 와서 발걸음을 멈췄다.

그녀는 그림을 똑바로 올려다보고 있었다.

아오이의 옆에 서자 살짝 긴장을 느꼈다.

"뭐, 그렇제……."

"둘 다 정말 멋진 그림이라고 생각해요."

아오이가 열띠게 말하자 부끄러워져서 무심코 혀를 찼다.

"뭐고, 뻔한 칭찬이데이."

"진짜인데요?"

——그라믄 어느 쪽이 취향이가?

그렇게 물으려다 엔쇼는 입을 다물었다.

어차피 '둘 다 훌륭해요'라고 말할 테니까.

아오이의 입으로 뻔한 대답을 듣고 싶지 않았다.

"내는 슬슬 간데이."

이 이상 여기에 있으면 쓸데없는 소리까지 할 것 같다.

"아무 대접도 못 했는데요……."

"대접은 충분하다."

스탠드 옷걸이에 걸려 있는 재킷을 걸치고 있는데 아오이가 앗, 하고 뭔가 생각났다는 듯이 눈을 크게 떴다.

"엔쇼 씨, 죄송해요. 묻고 싶은 게 있었어요. 이 그림의 화가에 대해서 뭔가 아시나요?"

아오이는 주머니에서 스마트폰을 꺼내 사진을 띄웠다.

그곳에는 크리스마스 시장 그림이 찍혀 있었다.

수채화로, 부드럽고 어딘가 환상적인 그림이다.

얼핏 보고 아오이가 좋아할 것 같다며 엔쇼는 작게 웃었다.

이 그림을 본 적은 없지만 그 터치는 본 적이 있는 것 같았다.

"사인은 없구먼. 화가의 이름은?"

"뒤에 '후가'라고 적혀 있었어요."

잠시 생각하고 엔쇼는 고개를 저었다.

"아니, 들은 적 없다. 그 그림의 화가를 찾고 있는 거가?"

"저기, 네. 왠지 신경 쓰여서요."

다른 화가의 그림이 신경 쓰인다는 아오이를 앞에 두자 참을 수 없는 짜증이 밀려와서 자기도 모르게 시선을 돌렸다.

자신의 얼굴이 일그러져 있는 것 같아서 그것을 숨기듯이 엔쇼는 모자를 눌러 썼다.

"그라믄 또 보재이."

"네, 감사합니다. 엔쇼 씨의 전람회, 열심히 할게요. 잘 부탁드려요."

머리를 깊이 숙인 아오이를 보고 방금 자신을 덮쳤던 부정적인 감정이 확 옅어졌다.

"어차피 내 전람회다. 그렇게 열심히 안 해도 된다."

"말도 안 돼요."

아오이는 눈을 동그랗게 뜨고 도리질했다.

그런 아우이를 곁눈질하며 엔쇼는 가게 밖으로 나갔다.

여전히 차가운 공기가 둘러싸여 있었지만 상쾌함을 느꼈다.

가만히 입가를 끌어올리고 엔쇼는 기온을 향해 걷기 시작했다.

4

코마츠 탐정 사무소에 컴퓨터 키보드를 치는 소리가 타닥타닥, 하고 울렸다.

코마츠는 빨려 들어갈 듯이 컴퓨터 화면과 마주 보고 있었다.

키요타카는 그 옆에 서서 말없이 팔짱을 끼고 그 모습을 내려다보고 있었다.

"——으음, 아츠코 씨 전 남편의 이름은 사토 코지라고 해."

"사토 코지……. 아주 평범한 이름이군요."

그러네, 라며 코마츠는 웃었다.

"하지만 그 자산은 평범함하고는 아득히 거리가 멀어. 고베를 거점으로 각종 사업을 펼치고 있는 대부호야."

코마츠는 키보드를 두드리며 그렇게 이야기했다.

화면에는 백발노인의 모습이 비치고 있었다.

아츠코와는 나이차가 있어서 벌써 80대에 이른 나이일 것이다.

그 외모는 어딘가 아츠코의 아들인 타도코로 히로키와 닮았다.

“과연 부자네요.”

“확실히, 아츠코 씨보다 닮았어.”

코마츠는 동의하며 키보드를 두드리다 엇, 하고 소리를 높였다.

“사토 코지는 미술품 수집가로도 유명한 것 같아. 중국의 도자기를 1억 엔에 낙찰 받았다고 뉴스에도 나왔어. 형씨, 사토 코지에 대해 알았어?”

코마츠는 키요타카를 올려다봤다.

“아니요, 몰랐습니다.”

“의외로군.”

“이름이 너무 평범해서 인상에 남지 않았을지도 모르겠네요. 하지만 사진을 보아 틀림없이 만난 적은 없어요.”

그건 그렇고, 하고 코마츠는 이야기를 계속했다.

“사토 코지는 결혼을 세 번 했고 아츠코 씨는 두 번째 부인이었던 것 같아. 전처와의 사이에서 딸을 얻었어. 히로키는 고대하던 아들이었을지도 모르겠군.”

코마츠는 거기까지 말하고 “응?” 하고 화면으로 얼굴을 가까이 한 후 “우왓” 하고 소리를 높였다.

“왜 그러세요?”

"놀라지 마. 사토 코지는 아츠코 씨와 이혼 후 바로 재혼했어. 얼마 지나지 않아 아들이 태어났는데, 그 이름이……."

"'유타카'로군요."

코마츠가 마지막까지 말하기 전에 키요타카는 그렇게 이어 말했다.

"저기, 이건 어쩌면 혹시나……?"

그렇게 말하고 코마츠는 키보드를 두드린 후 허둥대며 시선을 이리저리 움직였다.

"역시 맞아. 히로키와 사다 씨는 이복형제야."

키요타카는 아무 말도 하지 않고 화면으로 시선을 향했다. 코마츠는 이야기를 계속했다.

"세 번째 부인의 이름은 사다 케이코. 하지만 그녀와도 바로 이혼했어. 사다 코지는 세 여성과 결혼해 세 아이를 낳았지만 누구 하나 그의 곁에 없어."

어지간히 난폭한 남자였나 봐, 라며 코마츠는 머리를 긁적였다.

"하지만 이로써 이유 중 하나가 밝혀졌네요. 아츠코 씨의 아들인 히로키 씨와 사다 유타카 씨는 이복형제였다. 이것이 결혼을 반대하는 이유였던 거군요."

아니, 하지만, 하고 코마츠는 키요타카를 올려다봤다.

"확실히 놀라운 인연이지만 토모카 씨와는 그다지 상관없는 얘기야. 왜 반대하는 거지?"

그러네요, 하고 키요타카는 허리에 손을 댔다.

"역시 아버지인 사다 코지에게 '좋지 않은 무언가'가 있는 것 같네요. 사다 코지와 결혼한 그의 부인들은 하나같이 옛 성으로 돌아간 것 같고요. 일반적으로 생각하면 그는 대부호, 자신은 둘째 치고 아이들만은 남편의 성을 계속 따라서 후계 자리를 노려도 이상하지는 않다고 생각합니다."

"그렇지. 마치 연을 완전히 끊고 싶어 한 것 같아."

코마츠는 거기까지 말하고 감이 왔다. 이봐, 라고 부르며 얼굴을 들었다.

"어쩌면 사토 코지는 뒤에서는 반사회적인 일을 하는 사람인 거 아닐까? 남편의 숨겨진 얼굴을 안 선량한 부인들은 자식을 데리고 도망치듯이 나간 거야."

그 가능성은 꽤 있을 법 하네요, 라며 키요타카는 팔짱을 꼈다.

"코마츠 씨. 아까 나온 중국 도자기를 1억 엔에 낙찰 받았다는 말씀 말입니다만, 그 도자기는 어떤 건가요?"

"잠깐만."

코마츠는 다시 키보드를 두드렸다.

"이거야."

화면에 주둥이가 오므라진 항아리가 표시됐다.

코발트색에 꽃 같은 문양이 그려져 있다.

아아, 하고 키요타카는 생각난 듯이 손뼉을 쳤다.

"명나라의 부용수 항아리……."

"부용수?"

"명나라 시대의 도자기입니다. 부용수는 꽃잎이 펼쳐진 듯한 문양으로, 자태*가 얇고 유약도 투명해서 아주 가벼운 감촉이 특징입니다."

이것이었군요, 하고 키요타카는 고개를 끄덕이고 이야기를 계속했다.

"사토 코지 씨에 대해서는 모르지만 이 부용수가 1억 엔에 낙찰된 건 알고 있습니다. 아주 놀라서요."

"그렇겠지. 이런 항아리가 1억이나 하다니……."

반대입니다, 라고 말하며 키요타카는 고개를 저었다.

"고작 1억에 낙찰 받아서 놀랐습니다. 가격이 3억이라도 이상하지 않은 물건입니다."

으에엑, 하고 코마츠는 신음했다.

"'고작 1억'이라고 할 만한 물건이야?"

"진품이라면 말이죠. 경매는 소더비인가요?"

"아니, 홍콩에서 열린 경매래……. 아아, 여기야."

코마츠는 그렇게 말하며 회장의 이름을 키요타카에게 표시

* 도자기의 재료로 쓰이는 미세하게 부순 돌가루.

해 보였다.

키요타카는 회장의 이름을 확인하고 흐음, 하고 고개를 끄덕였다.

"별로 유명하지 않은 회장이로군요. 어쩌면 전매를 위한 자작극인 경우도 생각할 수 있겠습니다."

"자작극은 무슨 뜻이야?"

"자신의 부하에게 출품시켜 자신이 1억 엔에 낙찰. 그 뉴스는 전 세계에 퍼집니다. 그렇게 하면 가격을 두 배로 제시하겠다며 찾아오는 자도 있겠죠."

"대부호인 실업가가 낙찰 받은 고미술품이면 보증이 붙는다는 거로군."

네, 하고 키요타카는 화면으로 얼굴을 가까이 했다.

"이 화상이 조악해서 알기 힘들지만, 애초에 진품인지 신경 쓰입니다."

키요타카는 눈살을 찌푸리면서 그렇게 중얼거렸다.

"위작으로 그런 짓까지 했다면 어지간히 무서운 영감이로군."

키요타카는 하지만, 하고 허리를 폈다.

"깔끔하지는 않지만 웬만큼은 알았습니다."

"나도야. 아츠코 씨는 역시 소중한 토모카 씨를 사토가와 관련시키고 싶지 않았던 거겠지."

코마츠는 다시 키보드를 두드려 익숙한 기색으로 보고서를 작성해갔다.

죄송하지만, 하고 키요타카는 손을 뻗었다.

"보고는 좀 더 기다려주시겠습니까? 제가 납득이 가지 않는 점과 또 하나 기다리고 있는 보고가 있어서요."

보고? 하고 코마츠는 얼굴을 들었다.

"그가 항상 가지고 다니던 부적이 어떤 것인지 전문가에게 문자로 물어봤는데 아직 답장이 오지 않아서요."

"아아, 그런 말을 했었지. 알았어."

그때 키요타카의 주머니 속에서 스마트폰이 진동했다.

확인하니 리큐였다.

'7시가 돼서 아오이 씨는 집에 보냈어'

내용을 확인하고 리큐에게 '수고했어요'라고 답장하고 키요타카는 코마츠를 봤다.

"슬슬 돌아가야겠네요."

"오, 역시 엔쇼가 걱정돼?"

코마츠가 씩 웃으며 묻자 키요타카는 어깨를 으쓱거렸다.

"마음에 들지는 않지만 실제로는 걱정하지 않습니다. 사실은 알고 있어요. 어디에서든, 설령 단둘이 있어도 위험은 없을 겁니다. 오히려 그 남자 옆은 안전하다고 생각합니다. 그는 이제 결코 아오이 씨에게 상처를 주지 않을 것이고, 무슨 일이 있으면 몸을 던져 지킬 겁니다."

키요타카는 마치 혼잣말처럼 그렇게 중얼거렸다.

조용한 말 속에 흔들림 없는 신뢰가 포함되어 있는 것을 느끼고 코마츠는 압도됐다.

"……너희는 역시 이상한 관계야."

"그러네요. 저도 그렇게 생각합니다."

키요타카는 그렇게 말하고 부드럽게 웃었다.

그러면 또 뵙죠, 라고 말한 후 키요타카는 코트를 걸치고 사무소를 나갔다.

제3장 과거의 굴레

1

아오이와 인터뷰를 한 엔쇼는 키요타카가 아직 있을 코마츠 탐정 사무소로 돌아갈 마음이 들지 않아서 어슬렁거리며 동네를 걷고 있었다.

시조 대교 앞에서 멈춰 섰다.

다리를 건넌 곳에 미나미자가 있고 인파는 그 반대편으로 이어져 있었다. 상점가는 1년 내내 마치 축제 같이 떠들썩했다.

그리고 막다른 곳에 있는 야사카 신사는 빛이 비치고 있어서 환상적이었다.

"……기온도 그림이 될 것 같데이."

기분 좋게 그렇게 중얼거리다가 문득 아오이가 후가라는 화가가 신경 쓰인다고 말했던 모습이 머리를 스쳤다. 바로 짜증을 느꼈다.

이 감정이 무엇인지 자신도 알고 있었다.

질투다.

후가의 그림을 떠올리고 뭐고, 라며 엔쇼는 혀를 찼다.

아오이는 딱히 '엔쇼 씨의 그림보다 훌륭해요'라고 말하지 않았다.

만약 그렇게 생각했다 해도 그림이라는 건 취향의 세계. 개인의 자유다.

기묘한 감각이었다.

키요타카가 아오이를 안고 있는 모습을 상상하는 것보다 훨씬 짜증이 났다.

만났을 때부터 키요타카와 아오이는 세트라 항상 같이 있어서 어떤 일을 해도——가끔 짜증이 나지만 '당연하다'는 감각이 있었다.

하지만 그림 얘기가 되면 다르다.

"조금은 그림에 긍지가 있다는 건가."

자조적으로 웃고 엔쇼는 시조 대교를 건넜다.

원래는 이대로 코마츠 탐정 사무소로 돌아갈 생각이었다.

하지만 좀 더 걷고 싶은 기분이 들어서 걸음을 멈추지 않고 다리를 건넜다.

교토에서 가장 유명한 다리는 여전히 사람으로 북적이고 있었다.

다리를 걷던 도중에 어떤 남자와 엇갈렸다.

최근 코마츠와 키요타카의 사이에서 자주 화제에 오르고 있는 타도코로 아츠코의 아들 히로키다.

안경에 슈트를 입어서 얼핏 보기엔 평범한 샐러리맨 같다.

순간적으로 카즈요의 얘기가 머리를 스쳐서 나와는 상관없다고 생각하면서도 짜증이 났다.

그래서 그런지 정신을 차리고 보니 히로키에게 말을 걸고 있었다.

"기온의 도련님 아닌교."

엔쇼가 그렇게 말을 걸자 히로키는 불쾌하다는 듯이 고개를 돌렸다.

"코마츠 탐정 사무소의 기분 나쁜 삼인조 중 한 명이로군."

지금은 거기 사람이 아니지만, 이라고 엔쇼는 마음속으로 대답했지만 설명하기 귀찮아서 입 밖으로는 내지 않고 대신 다른 화제를 꺼냈다.

"바가지 가게를 그만두고 이번에는 클럽을 하신다면서?"

그렇게 말하자 히로키는 안경 속 눈을 불쾌한 듯 가늘게 떴다.

"그래, 하지만 우리 가게는 손님을 가려 받을 거라서 너희를 부를 생각은 없어."

"바가지 씌울 녀석들을 고르시는 거가?"

"닥쳐."

히로키는 욱해서 엔쇼의 멱살을 잡았다.

하지만 엔쇼는 그 손목을 힘껏 잡아 비틀었다.

아아아아앗, 하고 히로키는 한심한 소리를 지르며 그 자리에 주저앉았다.

"뭐고, 위세가 좋은 것 치고는 별거 없데이. 역시 단순히 복에 겨운 도련님인가."

"복에 겨운 도련님이라니, 어디가."

"어디기는, 엄청 복 받았다 아이가."

"아무것도 모르는 주제에 제멋대로 지껄이지 마."

히로키는 그렇게 내뱉고 엔쇼의 손을 뿌리쳤다.

엔쇼는 흐음, 하고 웃었다.

"그라믄 댁은 복 받은 게 아니라고 생각하나?"

"애초에 나는 저주 받았어."

"저주를 받았다니, 그기 뭐고?"

그때였다.

"여어, 신야."

익숙한 목소리가 등 뒤에서 들려와 엔쇼는 튕겨나듯이 고개를 돌렸다.

두 남자가 자신 쪽으로 오고 있었다.

말을 건 것은 위작을 제작할 때 함께 행동했던 동료, 전에 이 기온에서 명품백을 날치기 했던 그 남자다.

"타카시가. 뭐고?"

이름은 타카시라고 한다. 본명인지 아닌지는 확실하지 않지만 그렇게 불러왔다.

얼굴 보이지 말래이, 라고 내뱉으려 하다 엔쇼는 말을 삼켰다.

타카시의 뒤에 있던 남자의 모습을 보고 놀랐기 때문이다.

"오랜만이다, 신야. 지금은 '엔쇼'라는 이름을 쓴다며?"

검은 코트에 검은 슈트를 입은 40대 남자다.

일그러진 듯한 웃음을 띠고 있었다.

위작을 제작하기만 해서는 돈이 안 된다. 그것을 부호에게 팔기 위한 루트가 필요하다.

그는 그 담당자로, 이른바 과거 나쁜 동료들의 흑막이다.

엮이고 싶지 않은 존재지만 그 덕분에 자신이 살아올 수 있었던 것도 사실이다. 엔쇼도 일그러진 웃음을 지으며 인사했다.

"오랜만입니다, 요스케 씨……."

다른 사람처럼 정중한 태도와 말투를 보이는 엔쇼의 모습에 곁에서 상황을 지켜보던 히로키는 놀라서 눈을 동그랗게 떴다.

참말이다, 라며 남자는 기쁜 듯이 웃었다.

그는 실업가로 활동하는 때는 참으로 신사적이고 정중한 말투를 쓰지만 부하에게는 이렇게 조금 난폭한 간사이 사투리로 말한다.

"내는 니를 찾고 있었다. 얘기 좀 하자."

"내를예?"

"니가 그려줘야 할 그림이 있다. 한 장이면 된다. '중국의 피카소'데이."

지금 대륙에서 인기가 엄청나다, 라며 요스케는 기분 좋은 듯이 얘기했다.

중국의 피카소란 청 말기 시대에 활약했던 화가이자 서예가, 또한 전각가(도장을 만드는 사람)인 제백석이다.

화풍은 얼핏 보기에 특별히 뛰어난 타입은 아니다. 그의 작품은 아기자기하고 맛이 있어서 '서툴지만 잘한다'고 칭하는 사람도 있다. 하지만 그게 강한 개성이라고 불리고 인기가 있다.

왜 '중국의 피카소'라고 불리는가 하면, 피카소만큼 비싸게 거래되고 있기 때문이다. 제백석의 작품이 158억 엔에 낙찰된 것은 미술계에서는 유명한 이야기였다. 그리고 또 하나. 과거에 그 피카소가 제백석의 〈평화의 비둘기〉라는 작품을 칭찬한 일화에서 유래된 듯하다.

"거절합니데이."

엔쇼가 잘라 말하자 요스케는 눈썹을 꿈틀거렸다.

"와 그러는데?"

"와 그러냐니. 내가 살아남은 건 요스케 씨 덕분이라서 감사하고 있습니더. 하지만 피차 마찬가지입니데이. 당신은 내를 충분히 이용했습니다. 내는 이제 손을 씻었습니더. 당신과 엮일 마음은 없습니데이."

엔쇼는 내뱉듯이 말하고 그들에게서 등을 돌렸다.

"잠깐만, 신야. 니에 대해 조사했다. '아시야 타이세이'라고 아버지의 아호를 계승했다지?"

요스케가 그렇게 말하자 타카시가 "그렇습니다"라고 강하게 맞장구를 쳤다.

"신야 놈은 완전히 남 못지 않은 화가인 척합니다."

그 말에 엔쇼는 등을 돌리지 않은 채 실소했다.

"전업 화가는 그만두는 게 좋다. 지금 시대는 그림으로는 못 살아간다. 꿈을 꾸다가는 혼쭐 난데이."

등 뒤에서 들리는 말에 엔쇼는 몸을 돌리고 그런 건 알고 있습니데이, 라며 자조적으로 비웃었다.

"그러니 너무 끈질기게 굴면 요스케 씨, 내는 당신의 이것저것을 알고 있습니데이. 세상에 폭로해도 상관없어예. 지금 지위를 잃고 싶지 않겠지예?"

그 말에 요스케는 겸연쩍은 듯이 눈을 피했다.

"그라믄 잘 지내소."

엔쇼는 바이바이, 라며 손을 흔들고 다리를 건너갔다.

"젠장, 저 자식 약점은 없나. 부모나 여자."

요스케가 조용히 중얼거리자 타케시는 떫은 표정으로 고개를 갸웃거렸다.

"저 녀석한테는 이미 가족도 없고 애초에 항상 혼자 다녀서요……."

두 사람이 그런 이야기를 소곤거리고 있었다.

"……저."

그때까지 시종일관 지켜보고 있던 히로키가 두 사람 앞에 나섰다.

요스케는 누구냐는 기색으로 수상쩍다는 듯이 눈살을 찌푸렸다.

한편 히로키는 들키지 않도록 요스케라고 불린 남자를 위에서 아래까지 관찰했다.

질 좋은 슈트, 왼쪽 손목에는 롤렉스의 코스모그래프 데이토나. 히로키가 가지고 싶었던 모델로, 그 가격은 차 한 대를 살 수 있을 정도다.

틀림없이 상당한 자산가다.

그리고 이 사람은 그 남자에 대해 알고 싶어 한다.

이 호기를 놓칠 수는 없었다.

"저는 기온에서 가게를 하고 있고 그 녀석과 안면이 있습니다. 혹시 괜찮다면 제가 그 녀석의 약점을 찾아볼까요?"

히로키는 그렇게 말하고 어머니 아츠코의 가게 명함을 내밀었다.

요스케는 명함을 받고 흐음, 하고 바라본 후 주머니에 넣었다.

"그라믄 부탁합시데이. 내는 달리 일이 있으니까 타카시, 이건은 맡긴다."

그렇게 말하는 요스케에게 타카시는 "알겠습니다"라며 구십도로 머리를 숙였다.

그라믄, 하고 요스케는 그 자리를 뒤로했다.

남겨진 타카시는 불안한 듯이 히로키를 봤다.

"너 진짜 신야의 약점을 조사할 수 있어?"

"그래, 맡겨줘. 우선 정보 수집이야. 그러기 위해서는 선물용 과자지. 선물용 과자를 준비하자고."

그 말에 타카시는 선물용 과자? 라고 되물으며 눈살을 찌푸렸다.

*

코마츠는 키요타카가 돌아간 뒤에도 사무소에 남아 작업을 계속하고 있었다.

타닥 타닥 키보드를 두드리다 으음, 하고 기지개를 켰다.

"나도 돌아갈 준비를 할까."

컴퓨터를 끄려고 손을 뻗었을 때 인터폰이 울렸다.

"누구지?"

인터폰은 컴퓨터와 연동되어 있다.

마우스를 클릭하자 바깥의 모니터가 비쳤다.

그곳에는 의외의 인물, 타도코로 히로키의 모습이 비치고 있었다.

“소문이 자자한 아츠코 씨의 아들이잖아…….”

코마츠는 당황하면서 마이크를 켜고 이렇게 말했다.

“열려 있으니 들어와요.”

그러자 미닫이가 열리는 소리가 울리고 히로키가 사무소 안으로 들어왔다.

히로키는 과자 상자를 들고 안녕하세요, 하고 인사했다.

“아아, 어서 와요. 그래서…… 오늘은 무슨 일인지?”

코마츠는 당황하면서 일어나 히로키의 앞으로 걸어갔다.

“아니 뭐, 저희 모자가 여기 신세를 져서 답례를 하고자 왔습니다.”

히로키는 어색하게 그리 말하고 과자 상자를 내밀었다.

“엉?”

너무 의외인 전개에 코마츠는 무심코 얼빠진 소리를 냈다.

이 남자가 과자를 들고 여기로 인사를 하러 오다니, 무슨 일이지? 라고 생각하며 코마츠가 노골적으로 수상쩍은 시선을 보내자 히로키는 곤란한 듯이 쓴웃음을 지었다.

“실은 어머니가 인사를 하러 가라고 시끄러워서요. 본심을 말하자면 제가 원하던 건 아닙니다.”

그 말을 듣고 코마츠는 겨우 아아, 하고 어깨의 힘을 풀었다.

이제부터 가게를 시작하니 이런 인사는 필요할지도 모른다.

“특별히 신경을 쓴 기억은 없는데…….”

미안하다며 코마츠는 익숙하지 않은 손짓으로 과자 상자를 받았다.

히로키는 안심한 기색을 보인 후 과장되게 사무소 안을 둘러봤다.

"어라? 오늘은 혼자이신가요?"

"아까까지 형씨…… 야가시라 키요타카가 있었지만 이미 돌아갔어. 엔쇼는 어딘가로 나갔고."

"엔쇼라면 그 스킨헤드로군요? 아까 기온에서 봤어요."

코마츠는 흐음, 하고 맞장구를 쳤다.

그렇다면 엔쇼는 이미 쿠라를 나왔다는 뜻이다.

"엔쇼 녀석, 어떤 모습이었지?"

아오이와 만난 뒤니까 기분이 좋았을지도 모른다. 그런 마음으로 묻자 히로키는 어떠냐니요, 라며 미간을 찌푸렸다.

"기세등등하게 걷고 있었어요."

그 모습을 쉽게 상상할 수 있어서 코마츠는 풋, 하고 웃음을 터뜨렸다.

"확실히 그 녀석은 항상 그런 느낌이었지."

"저기……. 그 남자에게 약점은 있나요?"

그야말로 잡담을 하듯이 히로키가 물어서 코마츠는 입을 떡 벌렸다.

"약점?"

"아니, 저기, 항상 '무적인 느낌'을 풍겨서요."

그 말에 코마츠는 무적인 느낌이라니, 라며 다시 웃었다.

"엔쇼의 약점이라."

코마츠는 팔짱을 끼고 생각했다.

바로 '그야 아가씨지'라고 대답하려다가 그만뒀다. 기온에 삼각관계 소문이 나면 큰일이다.

하지만 새삼 생각해보니 엔쇼의 약점은 아오이도 아니지 않을까? 라는 생각이 머리를 스쳤다. 그래 보여도 엔쇼는 아오이의 앞에서는 일단 평정을 유지하고 있다. 그 남자가 흐트러지거나 자신을 속일 수 없어지는 상대는 단 한 사람.

그렇다면…….

"……나는 엔쇼의 약점은 형씨라고 생각해."

"야가시라 키요타카가요?"

히로키는 놀랐다는 듯이 눈을 크게 떴다.

그렇다면서 코마츠는 힘차게 고개를 끄덕였다.

이제 와서 보니 확신에 가까웠다. 그 두 사람은 한 쌍. 유일무이한 존재다.

"틀림없어. 엔쇼의 유일한 약점은 형씨야."

강한 어조로 말하자 히로키는 진심으로 기쁜 듯이 얼굴을 풀었다.

"왜 그렇게 기뻐하지?"

"아니, 죄송합니다. 아주 재미있어서요."

"뭐……. 그렇기는 해."

"그럼 저는 이만 가보겠습니다."

히로키는 그렇게 말하고 허둥지둥 사무실을 뒤로했다.

사무소를 나서기 직전까지 히로키의 얼굴은 풀어져 있었다.

그렇게 재미있었나? 라고 생각하며 코마츠는 고개를 갸웃거렸다.

2

한편 키요타카는 코마츠 탐정 사무소를 나와 시조 길을 서쪽으로 나아가 테라마치 길까지 와서 북쪽으로 향했다.

손목시계의 바늘은 밤 7시 20분을 가리키고 있었다.

아케이드는 음력 12월이라서 그런지 이 시간에도 사람은 나름대로 있었다.

이윽고 쿠라의 모습과 함께 아오이가 만든 크리스마스 쇼윈도가 보이기 시작했다. 가게에는 리큐가 있어서 불이 켜져 있었다.

아오이의 디스플레이는 길을 오가는 여성의 눈길을 끌고 있었다.

키요타카는 쇼윈도 앞까지 와서 발걸음을 멈췄다.

화이트 크리스마스를 이미지했는지 부드럽고 아주 귀여웠다. 하지만 약간의 '부족함'이 느껴졌다. 그 이유는 알고 있었다.

"…………."

고개를 돌리듯이 키요타카는 가게로 시선을 향했다.

리큐는 카운터 안에서 노트북으로 시선을 떨어뜨리고 있었다.

문을 열어 딸랑딸랑, 하고 도어벨이 울리자 리큐가 얼굴을 들었다.

"앗, 키요 형, 어서 와."

"수고했어요, 리큐. 가게를 봐줘서 고마워요."

"아냐, 내 공부를 하고 있었어. 하지만 배는 고파."

리큐는 그렇게 말하며 장난스럽게 웃었다.

"그러네요. 뭘 먹고 싶어요?"

"그게, 고민이야."

"고민?"

"화끈하게 고기를 먹고 싶은 기분도 있지만, 이런 계절이니까 전골도 좋겠다는 마음도 있거든."

팔짱을 끼고 그렇게 말하는 리큐를 보고 키요타카는 풋, 하고 웃었다.

"뭐가 웃겨?"

"아뇨, '건강한 젊은 남자에게는 일단 고기를 먹이면 된다'는 게 내 지론인데 리큐도 예외는 아닌 것 같아서요."

"그건 무슨 지론이야?"

"그러면 두 희망 모두 충족시킬 수 있는 곳으로 갈까요?"

키요타카의 제안에 리큐는 눈을 깜빡였다.

가게를 닫고 두 사람이 향한 곳은 골목에 정취 있는 가게가 줄지어 있는 폰토초였다.

평일 밤이지만 나름의 인파로 북적이고 있었다.

골목에서 살짝 안쪽으로 들어가자 붉은 제등이 보였다. 그곳에 '모츠나베 폰토초 카메하치'라는 글자가 있어서 리큐는 후훗, 하고 웃었다.

"여기 오랜만이네. 확실히 모츠나베라면 내 희망을 둘 다 충족시킬 수 있겠어."

"네, 전골이 맛있는 계절이고요."

두 사람은 그런 대화를 나누면서 가게로 들어갔다.

잠시 후 이미 조리되어 바로 먹을 수 있는 상태인 모츠나베가 테이블에 도착했다.

키요타카와 리큐는 맥주와 주스로 건배하고 목을 축인 후 "잘 먹겠습니다" 하고 젓가락을 집었다.

"우왓, 맛있어. 탱글탱글하네."

"냄새가 전혀 없네요."

"응, 집에서는 이렇게 하기 힘들어."

"그리고 모츠나베의 경우에는 야채도 맛있어서 기쁘네요."

"맞아 맞아."

전골 외에 튀김 등의 요리도 도착했다. 리큐는 기쁜 듯이 젓가락을 뻗다가 문득 얼굴을 들었다.

미소 짓고 있는 키요타카의 얼굴을 보고 리큐는 한쪽 눈을 가늘게 떴다.

"어차피 '가게에서 가깝고 다음에 아오이 씨도 여기에 데려오자'고 생각했지?"

"잘 아네요."

"항상 있는 일이니까."

리큐는 살짝 마음에 들지 않는다는 듯이 말하고 진저에일이 든 컵을 들고 한 모금 마신 후 그러고 보니, 하고 입을 열었다.

"오늘 아오이 씨가 그 그림에 대해 물었어."

그랬나요, 라고 대답하며 키요타카는 조끼를 놓았다.

"그래서 리큐는 뭐라고 했나요?"

"아무 대답도 안 했어. 얼버무렸어……."

"신경을 쓰게 했네요."

리쿠는 아니라며 고개를 저었다.

"아직 쿠라에 남아 있을 줄은 몰랐어."

"나도예요. 그 그림을 정리한 기억이 애초에 없어요. 아오이 씨의 말로는 안쪽 선반 안에 들어 있었던 것 같아요. 그 선반에 회화가 몇 점 들어 있는 건 알고 있었지만 열어보지 않았거든요."

"아오이 씨한테는 말하지 않은 거지?"

"비밀로 했던 건 아니에요. 뭐, 자진해서 말하고 싶지도 않았지만요."

그렇구나, 하고 리큐는 한숨을 내쉬었다.

"만약 형이 말하고 싶지 않으면 내가 아오이 씨한테 얘기할까?"

"아니요, 틈을 봐서 내가 말하려고 해요."

"……키요 형, 그때 몇 살이었지?"

"열네 살이네요."

"자진해서 얘기하고 싶지 않았다는 건 그때의 상처가 아직 낫지 않았다는 뜻이지?"

글쎄요, 라며 키요타카는 고개를 갸웃거렸다.

"실제로 나한테도 트라우마야. 그런 키요 형은 두 번 다시 보고 싶지 않고."

"……꼴사나운 모습을 보였어요."

"그런 게 아니라."

리큐는 참을 수 없다는 듯이 눈을 내리 떴다.

키요타카는 어두워진 분위기를 바꾸기 위해 밝은 어조로

물었다.

“내 일은 둘째 치고 리큐의 여자친구는 잘 지내나요?”

“뭐야, 그 여자친구는. 제대로 하루카라고 불러.”

“리큐가 어떤 얼굴을 할지 보고 싶었어요.”

“어땠어? 부끄러워했어?”

“아니요, 예전과 다르지 않네요.”

그야 그렇겠지, 라며 리큐는 당연하다는 듯이 고개를 끄덕였다.

“그야 하루카는 결혼을 약속한 여자니까. 내 마음속에서는 줄곧 여자친구 같은 존재였으니까 갑자기 부끄러워하지는 않아. 뭐, 하루카는 아닌 것 같지만.”

그 말에 키요타카는 어깨를 조금씩 떨었다.

“당신도 아주 의연하네요. 역시 무사의 후예예요.”

“무사의 후예라니……. 내 주군은 키요 형이야.”

나는 그저 상인이에요, 라며 키요타카는 웃었다.

“그런데 하루카는 일본으로 돌아오지 않나요?”

“일단 크리스마스 전에는 귀국해서 정월까지 일본에 있을 것 같아.”

“그런가요. 그거 기대되네요.”

“응. 하루카도 키요 형과 아오이 씨를 만나고 싶어 하니 크리스마스나 섣달그믐에 같이 파티라도 하면 좋겠어.”

그 말에 키요타카는 눈살을 찌푸렸다.

"……둘이서 보내는 건 어때요?"

"키요 형, 노골적으로 방해된다는 얼굴 하지 마."

"어쩔 수 없어요. 그야 방해되니까요. 특별한 날은 아오이 씨와 둘이서 보내고 싶어요."

"와, 너무한다. 키요 형과 아오이 씨는 늘 둘이 있으면서."

"주로 가게에 있어요. 괴롭힘이나 마찬가지랍니다."

"괴롭힘이라니."

리큐는 웃었다.

"그리고 리큐도 하루카와 둘이서 지내고 싶잖아요?"

그 질문에 리큐는 으음, 하고 고개를 갸웃거리고 얼버무리듯이 메뉴를 들었다.

"그보다 키요 형. 마지막에는 라멘인지 잡탕죽인지를 고르는 것 같은데, 어느 쪽이 좋아?"

"모츠나베니까 굳이 고르자면 라멘이네요."

"그렇지? 나도."

두 사람은 마지막 라멘과 디저트까지 즐기고 가게를 나왔다.

"하, 배부르다. 맛있었어, 키요 형."

"네, 오랜만에 먹는 모츠나베도 좋네요."

그런 대화를 나누면서 골목을 남쪽을 향해 어슬렁어슬렁 걷기 시작했다.

"딱히 바래다주지 않아도 되는데."

"산책을 겸해서요."

리큐는 아라시야마에 산다. 가장 가까운 역은 한큐 전철 교토카와라마치 역. 장소는 시조 카와라마치에 있다.

걸으면서 리큐가 오도카니 중얼거렸다.

"키요 형, 눈치챘어?"

네, 하고 키요타카는 고개를 끄덕였다.

"따라오고 있네요."

"응. 네 명인 거 같아."

"아마 그럴 거예요."

뭐지? 하고 리큐는 귀찮다는 듯이 얼굴을 찌푸렸다.

"뭐, 바로 알겠네요."

폰토초에는 작은 공원이 있다.

그 이름은 동네 이름 그대로 폰토초 공원이라 한다.

번화가 안에 갑자기 나타난 어린이 공원은 어울리지 않았지만 이 지역 나름대로의 생활감과 안도감을 느끼게 했다.

낮에는 아이들이 노는 공원도 밤에는 커플이 이야기를 나누는 경우가 많다.

하지만 지금은 인기척이 없었다.

키요타카와 리큐는 굳이 그 공원 안으로 들어갔다.

그 순간이었다.

"형씨들, 잠시만."

남자 중 한 사람이 말을 걸었다.

"뭔가요?"

키요타카는 가슴에 손을 얹고 미소 지으며 몸을 돌렸다.

*

그 무렵 타도코로 히로키는 타카시와 함께 기온의 자기 가게에 있었다.

"미안하군. 지금은 이 정도밖에 없어."

히로키는 카운터 안으로 들어가 위스키 록을 만들어 타카시에게 내밀었다.

"충분해."

타카시는 기분 좋게 잔을 입으로 가져갔다.

"그건 그렇고 이렇게 좋은 곳까지 빌려줘서 고마워."

타카시는 유쾌하게 말하고 휑뎅그렁한 가게를 둘러봤다.

이곳은 이번에 개점할 예정인 히로시의 가게였다.

아직 준비 중이어서 가게에는 많은 짐이 난잡하게 놓여 있었다.

야가시라 키요타카가 골동품점을 나가 폰토초의 모츠나베 가게에 들어간 것. 그리고 지금 그 가게를 나왔다는 정보를 입수했다.

이제 곧 타카시의 동료들에게 붙잡힐 것이다.

그리고 이 가게로 끌려올 테다.

구속당해 한심한 얼굴을 하고 있는 키요타카의 모습을 상상하자 히로키의 볼은 자연히 풀어지기 시작했다.

"하지만 며칠이나 여기에 구속하기는 좀 어려워."

"뭐, 신야는 마음만 먹으면 하룻밤에 완성하니까. 문제없어."

타카시는 그렇게 말하고 키요타카의 사진으로 눈길을 떨어뜨렸다.

"그런데 신야의 약점이 이 남자일 줄이야……."

믿을 수 없다며 타카시는 턱을 괴었다.

이해가 가지 않지만 타카시가 일단 납득한 건 이 사진에 둘이 찍혀 있었기 때문이다. 그곳에는 키요타카와 엔쇼가 나란히 기온 거리를 걷고 있었다.

이 사진은 히로키가 전에 두 사람에게 당했을 때 언젠가 놀래주겠다며 몰래 찍어둔 것이다.

"그건 그렇고 보면 볼수록 잘생겼군. 뭐야, 그 자식은 이런 게 좋았던 건가? 완전히 여자를 좋아하는 줄……."

뭐 상관없나, 라며 타카시는 담배를 입에 물었다.

"남자라면 봐줄 필요는 없으니 오히려 편해. 이 미남을 붙

잡아 협박하면 신야도 한 장 정도는 그리겠지."

쉽게 일이 진척되리라고 믿어 의심치 않는 타카시를 앞에 두고 히로키의 표정이 흐려졌다.

"왜 그래, 히로키."

"이 미남은 이래봬도 꽤 강해. 듣자하니 격투기를 배웠다던데……. 네 동료는 강한 거지?"

목적이 일치해서 의기투합한 두 사람은 이미 서로를 이름으로 부르고 있었다.

타카시는 얕보지 말라며 코웃음을 쳤다.

"우리는 서일본에서도 특히 치안이 나쁜 동네에서 주먹을 쓰며 살아왔어. 그런 남자가 네 명이라고. 격투기 좀 배운 도련님은 한주먹거리도 안 돼."

"그러면 다행이로군."

이로써 그 기분 나쁜 녀석들에게 복수할 수 있다. 그런 기쁨과 흥분 때문에 히로키가 저도 모르게 몸을 떠는데 타카시의 스마트폰이 진동했다.

"오, 그 녀석들이로군."

타카시는 스마트폰을 카운터에 놓은 상태 그대로 스피커 버튼을 눌렀다.

"끝났어?"

'……죄, 죄송합니다. 순식간에 당했어요.'

전화 저편에서 숨이 간당간당하게 보고하는 동료의 말을 듣고 타카시와 히로키는 얼굴을 마주 봤다.

"순식간에 당하다니, 무슨 소리야?"

'야가시라 키요타카와 미소녀가 같이 있어서 여유롭다고 생각했는데 둘 다 거짓말처럼 엄청나게 강했어요. 우리가 정말 순식간에 당했다니까요.'

동료의 말을 듣고 히로키는 할 말을 잃었고 타카시는 눈을 크게 떴다.

"그래서 어떻게 됐어."

"우리는 모두 붙잡혀서…… 아니, 묶여서 사정을 취조당했어요. 그래서 신야에게 위작을 그리게 하기 위해서라고 불었어요. 그때 타카시 씨의 이름도 나왔고요."

타카시는 뭐? 하고 눈을 부라렸다.

"그랬더니 우리 얼굴과 면허증까지 같이 사진을 찍어서요……."

그때 전화 저편에서 히이이익, 하고 동료들의 비명에 가까운 목소리가 들렸다.

"뭐야, 왜 그래?"

타카시가 소리를 질렀을 때였다.

'――안녕하세요, 처음 뵙겠습니다. 타카시 씨죠?'

기분 나쁘게 차분한 목소리가 들렸다.

타카시가 아무 말 없이 있는데 그 앞에서 야가시라 키요타카다……, 라고 히로키가 속삭였다.

키요타카는 이야기를 계속했다.

'사정은 들었습니다.'

목소리를 거칠게 내는 것도 아닌데 부글부글 끓어오르는 분노가 전해져왔다.

히로키는 할 말을 잃었고, 한편 타카시는 "아, 그래"라고 애매하게 대답했다.

'동료의 신원은 파악했습니다. 알겠습니까? 두 번 다시 스가와라 신야에게 접근하지 마세요. 만약 접근하면 어떻게 될지……'

키요타카는 거기까지 말하고 한 박자 쉬었다.

'아시겠죠?'

이렇게 말하고 후훗, 하고 웃었다.

그 순간 타카시와 히로키는 온몸에 찬물을 맞은 듯한 감각이 밀어닥쳐서 몸을 부르르 떨었다.

'그러면 실례합니다.'

거기서 전화는 끊어졌다.

"……악마와 얘기한 기분이야."

타카시는 새파랗게 질린 채 이마에 손을 댔고 히로키는 아랫입술을 깨물었다.

*

"——하여간에 믿을 수가 없네요."

갑자기 공격해온 남자들을 일망타진하고 타카시와의 통화를 마친 키요타카는 어처구니가 없다는 기색으로 먼지를 털듯이 손뼉을 쳤다.

스마트폰을 돌려주자마자 일당은 마치 거미 새끼가 흩어지듯이 물러났다.

지금 이 골목길에는 키요타카와 리큐밖에 없었다.

"나를 인질로 삼아 엔쇼에게 위작을 그리게 하려 하다니. 대체 무슨 생각을 하면 그렇게 되죠? 만약 내가 납치당하면 그는 반대로 손뼉을 치며 기뻐할 텐데."

키요타카는 이해할 수 없다는 듯이 고개를 갸웃거렸고 리큐는 풋, 하고 웃음을 터뜨렸다.

"확실히 손뼉을 치며 기뻐할 것 같기는 한데 말이야. 하지만 모르겠어. 라이벌인 키요 형이 납치당하는 건 역시 마음에 들지 않을 테고 키요 형한테 빚도 지고 싶지 않을 테니까 어쩌면 엔쇼 씨도 녀석들이 하는 말을 들을지도 몰라."

키요타카는 으음, 하고 신음하고 미간을 찌푸렸다.

"저런 단순한 무리가 거기까지 깊이 생각할까요?"

"글쎄? 그보다 그 녀석들을 경찰에 넘기지 않아도 돼?"

불만스럽게 중얼거리는 리큐를 보고 키요타카는 가만히 입가를 끌어올렸다.

"지금은 아직 이 정도면 돼요. 굳이 넘기지 않는 게 움직임을 멈출 수 있고요."

"키요 형, 사악한 얼굴을 하고 있어."

"어라, 실례했네요."

"아냐, 멋있어."

"당신은 여전하네요."

키요타카는 후훗, 하고 웃었다.

"그럼 돌아갈까요?"

"응. 식후에 운동을 해서 다행이야."

"정말이네요."

두 사람은 가벼운 발걸음으로 걷기 시작했다.

*

그 뒤로도 히로키의 가게에 머물러 있던 타카시는 잔에 남아 있던 위스키를 단숨에 비우고 난폭하게 잔을 카운터에 놓았다.

"그러니까 말했잖아. 야가시라 키요타카는 실력이 좋다고."

"하지만 이쪽은 네 명이야. 그렇게까지 좋을 거라고는 생각 안 하잖아."

타카시는 크게 숨을 내쉬고 천장을 올려다봤다.

"……역시 떡은 방앗간에 맡겨야지. 그 사람한테 부탁해볼까."

잠시 사이를 두고 타카시는 그렇게 말하고 머리를 벅벅 긁었다.

"그 사람?"

"요스케 씨의 동생이야."

"그 사람은 강해?"

"어떤 의미에서는. 너무 강해서 신야의 마음을 꺾고 붓도 꺾을지도 몰라. 그건 좀 곤란한데 말이야."

턱을 괴고 말하는 타카시에게 히로키는 코웃음을 쳤다.

"하지만 분명 그 남자는 어떤 짓을 해도 말을 안 들을 거야. 그러면 마음도 붓도 꺾는 게 깔끔하지 않아?"

"뭐……. 화가로서 성공하는 건 열 받지."

"그치?"

두 사람은 얼굴을 마주 보고 입가를 끌어올렸다.

3

대학 수업을 마친 나는 그대로 골동품점 쿠라로 향하고 있었다.

오이케 길의 자전거 주차장에 자전거를 세우고 남쪽으로 내려갔다.

테라마치 길의 아케이드는 평소와 다름없이 느긋한 분위기를 품고 있었다.

하지만 이제 음력 12월. 크리스마스 장식이 이전보다 늘어났다.

내일은 12월 첫 번째 토요일. 드디어 엔쇼의 작품이 야가시라 저택에 도착한다.

그렇게 생각하자 나는 긴장감을 느꼈다. 마음을 진정시키려고 심호흡을 하면서 걷다가 가게 앞까지 와서 발걸음을 멈추었다.

쿠라의 문을 열었다. 딸랑딸랑, 하고 도어벨이 울리고 가게의 모습이 눈에 들어왔다.

카운터 앞 의자에 손님이 앉아 있었다.

홈즈 씨로 말하자면 탕비실에 있는지 여기에서는 모습이 보이지 않았다.

손님은 남성이었는데 뛰어난 미청년이었다.

약식 복장인 연갈색 키나가시에 같은 색 하오리*를 걸치고 회색 목도리를 곁에 놓고 있었다.

검은 머리에 하얀 피부, 그리고 미형 등 홈즈 씨와 공통적인 부분은 있지만 타입이 조금 달랐다.

"안녕하세요, 아오이 씨. 잠시 들렀습니다."

그는 내 쪽을 보고 싱긋 미소 지었다.

교토 말씨에 독특한 억양이었다.

"아, 안녕하세요, 오랜만이에요. 레이토 씨."

나는 고개를 꾸벅 숙였다.

그의 이름은 카모 레이토. 홈즈 씨와는 또 다른 특수한 가업을 생업으로 삼고 있는 집안의 상속자라고 한다.

그 일은 기도사, 영매사, 또는 음양사 등으로 불리는 것.

그런 비현실적인 직업을 가진 사람을 이렇게 만날 수 있으니 역시 교토는 신비한 도시다.

홈즈 씨가 쟁반을 들고 탕비실에서 나왔다. "아오이 씨" 하고 나를 보고 웃은 다음 레이토 씨를 향해 손님용 컵과 받침을 놓았다.

"오래 기다렸어요."

"감사합니다. 유리컵이네요."

---

* 기모노 위에 입는 짧은 겉옷.

그는 컵을 바라보고 신기하다는 듯이 눈을 크게 떴다.

"터키 유리예요."

깊은 푸른색을 베이스로 금색 테두리가 쳐진 이국적인 디자인의 컵과 받침이다. 이것은 내가 유리에 주목하게 되어서 홈즈 씨가 최근 산 것이다.

"넋을 잃을 만큼 아름답네요."

"유리라서 느껴지는 위태로움도 아름다움을 끌어올리죠."

홈즈 씨에게는 손님에 맞춰 컵을 고르는 구석이 있다.

화려하고 어딘가 비밀스러운 터키 유리의 컵과 받침은 레이토 씨에게 알맞다고 나도 느꼈다.

레이토 씨는 커피를 입으로 가져가고 후우, 하고 뜨거운 숨을 내쉬었다.

"참말로 키요타카 씨가 타는 커피는 맛있네요."

고마워요, 라며 홈즈 씨는 눈을 부드럽게 가늘게 떴다.

"본론으로 들어가죠. 받은 문자 말인데요, 답장을 하기보다 직접 얘기하는 편이 빠를 거 같아서요. 키요타카 씨가 보낸 이 팔찌 말이에요."

그는 그렇게 말하고 자신의 스마트폰에 사진을 표시했다.

수정 팔찌. 그것은 사다 씨가 늘 지니고 다니는 것이다.

"이건 키요타카 씨가 말했듯이 부적이에요. 켄미 신사 거죠."

"켄미 신사?"

그 이름은 모르는지 홈즈 씨는 고개를 갸웃거렸다.

"도쿠시마현에 있는 신사예요."

"처음 들었어요. 유명한 신사인가요?"

"저희 사이에서는 꽤요."

홈즈 씨는 흐음, 하고 중얼거렸다.

"어떤 신사인가요?"

"역사는 꽤 오래돼서, 창건은 닌켄 천황의 5세기 말에 했어요. 오곡 풍요, 해상 안전의 수호신을 모셨죠. 그리고——."

"…………."

그 뒤에 이어진 레이토 씨의 말을 듣고 홈즈 씨도 나도 말이 나오지 않았다.

홈즈 씨는 모든 것을 이해한 듯이 고개를 세로로 크게 흔들었다.

"자신의 아이에게 그런 부적을 늘 지니고 다니라고 한다면 이유는 하나밖에 생각할 수 없네요."

그렇다고 생각한다며 레이토 씨가 동의했다.

"아츠코 씨가 말했던 '업보'라는 것도 그런 거였어요……."

홈즈 씨는 혼잣말처럼 말하고 턱에 손을 댔다.

나는 정체를 알 수 없는 두려움에 아무 말도 할 수 없었다.

사다 씨는 그런 특별한 부적인 팔찌가 한 번 끊어졌다고 했다.

괜찮을까?

홈즈 씨도 마찬가지로 생각했는지 그렇지, 하고 얼굴을 들었다.

"레이토 씨, 부적에 대해 묻고 싶은 게 있는데요――."

4

다음 날, 나는 철학의 길 근처에 있는 석조 양옥――야가시라 저택에서 대기하고 있었다.

홈즈 씨는 저택 문을 활짝 열었다.

"이쪽으로 부탁드립니다."

그가 말을 건 것은 파티션(칸막이) 렌탈 업자와 미술품 전문 운송업자 스태프들이었다.

그들은 익숙하고 조심스러운 손놀림으로 파티션과 회화를 야가시라 저택으로 옮겨갔다.

전시실――전람회장이 될 큰 방은 원래 야가시라가의 컬렉션을 전시하는 특실이다. 지금은 컬렉션을 다른 방으로 옮겨서 아무것도 없는 휑한 상태다. 바닥에는 테이프가 붙어 있었다.

스태프들은 그것을 표시 삼아 파티션을 설치해갔다.

작업은 신속해서 약 한 시간 만에 스태프들은 철수했다.

우리는 그들에게 인사하고 다시 전시실을 둘러보았다.

아무것도 없었던 방에 파티션이 설치되어 있다. 내 계획을 리큐가 제대로 된 설계도로 구상해준 것이 형태로 나타났다.

아직 벽에는 아무것도 걸려 있지 않은 상태인데도 내 가슴은 벌써부터 두근거렸다.

"아오이 씨, 왜 멍하니 있어요?"

"아, 아니요. 이렇게 칸막이가 있으니 진짜 미술관 같아져서 감동하고 있었어요."

"감동하는 건 이제부터예요. 도착한 작품을 다시 확인하죠."

"네."

회화는 지금 현관홀에 놓여 있다. 홈즈 씨는 목록을 손에 들며 가리켰다.

"이게 타카미야 씨가 기탁(寄託)한 작품이에요. 그분이 소장하고 있는 건 주로 아시야 타이세이——엔쇼 아버지의 작품이 많아요."

타카미야 씨는 교토 오카자키에 사는 대부호다. 미술품을 사랑해서 예술가를 육성하는 일에도 힘을 쏟고 있다. 그런 타카미야 씨는 과거 엔쇼의 아버지 아시야 타이세이의 실력을 인정해 그 재능을 응원하고 있었다. 아버지의 작품이 많은 것은 당연하리라.

그렇다, 여기에는 엔쇼 부자의 작품이 모여 있었다.

“엔쇼 씨의 그림은 어느 것인가요?”

“어느 것이라고 생각해요?”

홈즈 씨에게 질문하자 반대로 되물어서 나는 긴장했다.

타카미야 씨가 기탁한 회화는 여섯 점. 일본의 풍경화가 두 점, 중국의 풍경화가 세 점, 만다라가 한 점. 그중 네 점이 10호. 이른바 흔히 보는 회화의 크기다.

큰 것은 두 점. 〈금강계 만다라〉와 중국의 풍경화다.

둘 다 100호라고 한다.

목록을 보니 작품의 제목은 〈장안〉이라고 적혀 있었다.

“……장안.”

그 그림을 보고 납득했다.

교토처럼 아름답게 구획화된 시가지.

주홍색 궁전이 선명하게 아름답고, 큰 모란과 새, 생생하게 춤추는 기녀들.

화려하고 생명력이 가득하다.

들여다보면 이 세계 속의 소리가 들릴 것 같았다.

보고 있으니 눈시울이 뜨거워졌다.

“이 〈장안〉이 엔쇼 씨의 작품이네요.”

맞아요, 라며 홈즈 씨는 고개를 끄덕였다.

“대단하네요. 처음 〈소주〉 그림을 봤을 때의 감동이 떠올랐어요.”

이렇게 말하면서 나는 눈에 고인 눈물을 손끝으로 누르며 고개를 끄덕였다.

쿠라에 장식되어 있던 엔쇼의 두 그림, 〈소주〉와 〈밤의 예원〉은 이미 여기에 있다.

그것들은 둘 다 100호.

"나도 마찬가지예요."

"네?"

"이 〈장안〉을 보고 〈소주〉를 봤을 때의 충격을 느꼈어요."

"그러고 보니 홈즈 씨는 상하이의 호텔에서 감시 카메라 너머로 이 〈장안〉을 보고 아시야 타이세이의 진상을 깨달았다고 했죠."

그 이야기를 들었을 때는 '역시 홈즈 씨'라고 생각했지만, 이건…….

"일목요연하죠?"

내 생각을 파악한 듯이 나온 홈즈 씨의 말을 듣고 나도 모르게 웃음을 터뜨렸다.

"맞다, 그가 그린 〈태장계 만다라〉도 훌륭하답니다. ……어라, 없네요. 이린에게 부탁한 다른 그림은 도착했는데."

홈즈 씨는 전시실로 옮겨진 그림을 확인하며 미간을 찌푸렸다.

말은 그렇게 했지만 여기 있는 그림 대부분이 아직 포장된 상태였다.

"안을 보지 않아도 도착하지 않은 것을 알 수 있나요?"

"네. 〈금강계 만다라〉와 같은 크기거든요."

"아, 그렇군요."

만다라는 〈금강계 만다라〉와 〈태장계 만다라〉가 한 쌍이다.

아버지가 그린 것은 〈금강계 만다라〉.

엔쇼가 그린 것은 〈태장계 만다라〉.

한 쌍이라서 두 그림은 똑같이 100호라는 뜻이다.

다른 포장된 그림은 그렇게 크지 않은 것만 있었다. 확실히 개봉하지 않아도 알 수 있으리라.

"〈태장계 만다라〉는 빌려주고 싶지 않았던 걸까요?"

갑자기 불안해진 나를 보고 홈즈 씨가 작게 웃었다.

"그렇지는 않다고 생각하지만, 확인해보죠."

홈즈 씨는 스마트폰을 꺼내 이린에게 문의했다.

그러자 바로 대답이 왔는지 그는 화면을 확인하고 고개를 돌려 대답했다.

"그 그림만 좀 늦는다고 하네요."

"다행이다."

그런 이야기를 나누고 있는데 인터폰이 울렸다.

"아아, 고베 키리코인 것 같네요."

"네? 벌써 그런 시간이에요?!"

나는 살짝 놀라 시계로 시선을 돌렸다.

오늘 오후 4시에 고베 키리코 팀이 여기에 와서 실제로 회장을 보고 협의를 하기로 했다.

시계를 보니 오후 3시 50분.

나는 놀라서 저택을 나가 대문까지 마중을 나갔다.

야가시라 저택의 대문 앞에 있던 것은 고베 키리코의 디자이너인 사카구치 요시타카(坂口由貴) 씨 혼자였다. 그는 이름의 한자를 음독해서 '유키'라는 애칭으로 불린다.

그는 피부가 하얗고 아름다운 외모와 섬세한 분위기가 있어서 얼핏 보면 머리가 짧은 여성으로 보인다. 유키라는 애칭은 그에게 아주 잘 맞는 것처럼 느껴졌다.

나도 문자나 전화로 몇 번의 대화를 나눈 끝에 '유키 씨'라고 부르고 있었다.

"어라, 유키 씨 혼자 오셨어요?"

네, 하고 그는 수줍어하며 고개를 끄덕였다.

"디자인을 담당하는 건 저이니 전부 맡긴다고 멤버들이 말해서요."

고베 키리코는 지금 세 명이 팀이고, 나머지 두 사람은 장인이다.

아마 유키 씨의 센스를 전적으로 믿고 있을 것이다.

"알겠습니다, 그러면 잘 부탁드려요. 회장이 될 방은 이쪽이에요."

나는 몸을 돌려 저택 안으로 안내했다.

유키 씨가 내 뒤를 따라 오다가 문득 발걸음을 멈추는 모습이 보였다. 형태 좋은 눈이 크게 뜨여 있었다. 그 시선 끝에 홈즈 씨의 모습이 있었다.

그도 문 앞에 선 상태로 놀란 듯한 눈으로 유키 씨를 보고 있었다.

"이거 놀랐습니다. 오랜만입니다, 유키 씨."

"야가시라 씨——맞죠?"

"네, 그때는 신세를 졌습니다."

"그럴 리가요. 저야말로 다시금 당신께 감사를 드리고 싶었습니다."

두 사람의 모습에 나는 당황하면서도 유키 씨를 처음 만났을 때 무언가가 걸렸던 것을 떠올렸다.

동시에 갑자기 과거의 사건이 선명하게 되살아났다.

"저기, 혹시 유키 씨는……."

네, 하고 홈즈 씨가 고개를 끄덕였다.

"그는 엔쇼가 친동생처럼 소중히 여기던 유키 씨예요."

나는 크게 벌어진 입을 숨기듯이 손으로 덮었다.

점과 점이 선으로 이어져서 기묘한 인연의 형태가 갑자기 명백해진 것이다.

5

"놀랐어요. 설마 신야 형의 전람회를 열다니."

유키 씨는 아직 아무 작품이 걸려 있지 않는 전시실을 둘러보며 오도카니 중얼거렸다.

그에게는 아시야 타이세이의 전람회라고밖에 알리지 않았기 때문이다.

그가 엔쇼의 소꿉친구라는 것을 알고 우리는 아시야 타이세이의 진상을 들려주었다.

이야기를 모두 듣자 유키 씨는 "그랬구나"라며 기쁜 듯이 웃었다.

"이 전람회는 부자 경연이네요. 저도 열심히 해야겠어요."

"유키 씨도 경연에 참가해주시면 분명 엔쇼 씨도 기뻐할 거예요."

그럴 리가요, 라며 유키 씨는 어깨를 으쓱거렸지만 문득 무언가가 떠오른 듯이 밝은 얼굴을 들었다.

"참. 제가 참가하는 것을 신야 형에게 비밀로 해주시겠어요?"

"네? 비밀로요?"

"계속 그러는 건 아니에요. 마지막에 놀라게 해주고 싶어서요."

"그거 좋네요."

그런 이야기를 나누면서 우리는 협의를 진행해갔다.

"저는 고베 키리코의 램프를 여기에 장식하고 싶어요. 이런 이미지로요."

"아하, 과연. 이 기획서의 콘셉트네요. 외부의 빛은 모두 차단하는 건가요?"

그 질문에 홈즈 씨가 대답했다.

"여기의 차광 커튼은 빛을 완전히 막습니다. 원래 이곳은 미술품을 전시했던 특별실이어서요."

그런가요, 라고 대답하는 유키 씨.

"하지만 밤이 이슥해지면 일부러 바깥의 빛을 들이는 것도 좋을지도 모르겠네요."

그렇게 말하고 창밖으로 시선을 보낸 유키 씨가 어라? 하고 눈을 깜빡였다.

"깜짝이야. 링컨이 들어왔어요. 게다가 엄청난 미녀가 나왔어요."

"링컨을 타고 나타난 미녀라면……."

나는 멍하니 선 채 홈즈 씨를 올려다보았다.

"그런 사람은 한 명밖에 생각이 안 나네요."

정말이네요, 라며 나는 작게 웃었다.

상하이를 거점으로 활약하는 세계적인 대부호의 딸 지우 이린이다.

우리는 유키 씨에게 양해를 구하고 그녀를 맞이하러 저택 밖으로 나갔다.

"안녕하세요."

"이린 씨!"

나는 웃으며 그녀에게 달려갔다.

"오랜만이에요, 아오이 씨. 건강한 것 같아서 기뻐요."

이린은 여전히 유창한 일본어로 그렇게 말하고 싱긋 미소 지었다.

그대로 홈즈 씨에게 시선을 옮기고 "홈즈 군도"라며 인사했다.

홈즈 씨는 평소처럼 가슴에 손을 얹고 인사했다.

"이번에 다대한 협력을 해주셔서 정말 감사합니다. 혹시 당신이 직접 〈태장계 만다라〉를 가지고 오신 건가요?"

네, 하고 이린은 어깨를 으쓱거리며 뒤를 돌아보았다.

링컨의 뒤로 트럭이 들어왔다.

지우가의 사람으로 보이는 슈트를 입은 남성들이 트럭의 짐칸에서 100호 회화를 신중하게 꺼냈다.

"아버지가 저 작품은 제가 직접 전해주라고 해서요. 아주 마음에 들어 해요. 당신이 아니었다면 빌려주지 않을 만큼요."

"그거 영광이군요."

"그래서 전시실은 어디인가요?"

"이쪽입니다."

홈즈 씨가 이린을 전시실로 안내하려 한 그때였다.

"아오이 씨."

쩌렁쩌렁한 목소리가 야가시라 저택의 정원에 울려 퍼졌다.

저택 안으로 들어가려 했던 우리는 발걸음을 멈추고 목소리가 난 쪽으로 시선을 향했다.

대문에 엔쇼가 있었다. 모자에 재킷, 청바지 등 캐주얼한 차림으로 이쪽을 보고 있었다.

"……엔쇼 씨?"

그 표정은 아주 진지해서 나는 당황하면서 그에게 갔다.

눈앞까지 다가가자 그는 조금 미안한 듯이 나를 내려다보았다.

지금 당신의 작품이 도착했어요, 들어가실래요?

그런 말을 할 수 없을 만큼 애달픈 표정이다.

"왜 그러세요?"

"……아오이 씨, 미안하데이."

나는 왜 사과하는지 알 수 없어서 고개를 갸웃거렸다.

"전람회는 그만둬야겠다. 중지해달래이."

네? 하고 나는 눈을 크게 떴다.

"참말로 미안하다."

엔쇼는 면목 없다는 듯이 말하고 내게 머리를 숙였다.

"저기, 엔쇼 씨."

뒤쫓으려 했을 때 홈즈 씨가 내 손을 잡았다.

왜 말리는 건가 싶어서 당황했지만 그 의문은 바로 풀렸다.

"잠깐만요, 지금 말은 무슨 뜻이에요?"

이린이 엔쇼를 뒤쫓고 있었다.

엔쇼는 그녀를 무시하고 잰걸음으로 걸어갔다.

"어, 어쩌지……."

당황하는 나를 진정시키듯이 홈즈 씨가 내 어깨에 손을 얹었다.

"아오이 씨, 지금은 이린에게 맡기고 우리는 준비를 진행하죠."

"홈즈 씨……."

나는 숨을 삼키고 두 사람이 걸어간 쪽으로 시선을 보냈다.

엔쇼와 이린의 모습은 이미 보이지 않았다.

제4장 빛과 그림자의 흉터

1

“갑자기 낯선 남자가 사무소에 왔어. ‘신야에게 할 이야기가 있다’면서.”

코마츠 씨가 그렇게 말하고 크게 숨을 내쉬었다.

이곳은 야가시라 저택의 2층 거실이다.

엔쇼가 전람회를 그만두겠다는 말을 남기고 모습을 감추고 약 한 시간이 지났다.

사정이 짐작 간다는 코마츠 씨가 야가시라 저택을 찾아왔다.

거실에는 L자로 배치된 크림색 소파가 있고, 홈즈 씨, 나, 유키 씨, 코마츠 씨 순으로 앉아 있다.

유키 씨는 저택 안에서 몰래 엔쇼의 모습을 지켜보고 있었다고 한다.

코마츠 씨가 이야기를 계속했다.

“엔쇼는 그때 2층에 있어서 그 사실을 말해주자 그 남자는 고맙다며 그대로 2층으로 올라갔어.”

거기까지 말하고 코마츠 씨는 곤란한 듯이 머리를 긁적였다.

“그 후 나는 멋대로 사람을 들인 게 갑자기 불안해졌어. 생각해보면 남자의 이름도 못 들었거든. 경계심을 주지 않는 분위기의 남자여서 그만. 그래서 커피를 내며 상태를 보려고 이층으로 올라갔어. 그때 두 사람의 대화가 들렸어."

코마츠 씨는 괴로운 표정으로 눈을 가늘게 떴다.

*

'——니 누고?'

계단을 올라가자 불쾌한 엔쇼의 목소리가 귀에 들려서 코마츠는 겸연쩍어 어깨를 으쓱거렸다.

역시 멋대로 보내서는 안 됐다. 제대로 이름을 듣고 엔쇼에게 확인했어야 했으리라. 아니, 하지만 나는 저 녀석의 관리인이 아니다. 그렇게까지 할 필요도 없나?

코마츠가 그렇게 머뭇거리며 계단 도중에서 움직이지 않고 있는데 손님이 히죽거리며 말했다.

'요스케의 동생이라고 하면 알려나?'

'……그 사람 동생이 내한테 무슨 볼일이가? 댁도 내한테 위작을 그려달라는 거가.'

엔쇼가 내뱉듯이 말하자 남자는 작게 웃었다.

'뭐, 형은 그렇게 하고 싶어 하지만 나로서는 그런 건 아무래도 좋아. 그리면 네 주머니도 넉넉해지겠지만 애초에 범죄이니 의욕도 없는데 강요할 생각은 없어.'

'그라믄 뭐고?'

'상하이에서 네 그림——아시야 타이세이의 작품을 봤어. 대단하더군.'

'…………'

'너는 지금까지 위작자로 살아왔어. 그리고 자수해서 속죄했어. 앞으로는 정식 화가가 되려 하고 있어. 훌륭해.'

진지하게 말하는 남자에게 엔쇼는 아무 말도 하지 않았다. 모습은 보이지 않아도 엔쇼가 경계하고 있다는 것이 코마츠에게 전해져왔다.

'그래서 말하고 싶어. 정식 화가의 길을 걸으려는 건 그만두는 게 좋아.'

뭐? 하고 엔쇼가 곤혹스러운 듯한 목소리를 냈다.

'댁은 무슨 말을 하고 싶은 거고?!'

'그대로야. 이대로 네가 정식 화가를 목표하면 반드시 부서져.'

'부서진다니, 뭐가 말이가?'

'그야 너는 원래 가짜니까.'

'엉?'

'아아, 화내지 마. 네 위작을 봤을 때 생각했어. 이 위작자의 작품은 진품에 육박하는, 아니 그것을 뛰어넘는 힘을 가지고 있다고.'

'……그래서?'

'그리고 지금 너는 아시야 타이세이――'아버지의 위작'으로 평가를 얻었어. 즉 너는 2차 창작가야. 전 세계에 고흐보다 그림을 잘 그리는 사람은 잔뜩 있어. 그런 사람이 고흐를 모방하면 진품보다 뛰어나다며 주목을 받아. 하지만 그렇다고 고흐는 될 수 없어. 너도 그런 사람 중 한 명이야. 흉내 낼 수 있는 대상이 있기 때문에 빛날 수 있어. 결코 오리지널은 될 수 없어.'

그 말은 엔쇼의 가슴에 박힌 듯했다.

그대로 입을 다물고 아무 말도 하지 않았다.

'그런 사람이 착각하면 안 돼.'

남자는 못을 박듯이 말했다.

그가 일어서는 소리가 들려서 코마츠는 들키지 않게 계단을 내려왔다.

*

"――이런 일이 있었어."

그 남자는 부드러운 베일에 잘 포장했지만 결국 '너는 어차피 2차 창작 작가. 착각해서 꿈을 꾸지 마라'라는 말을 엔쇼에게 들이댔다.

이제부터 그림의 세계로 나아가려고 겨우 긍정적으로 변한 엔쇼에게 너무나도 가혹한 말이리라.

코마츠 씨의 이야기에 나는 할 말을 잃었다.

그것은 유키 씨도 마찬가지였는지 안색이 사라져 있었다.

홈즈 씨로 말하자면 심각한 표정을 짓고 있었다.

"코마츠 씨, 그 남자는 어떤 사람이었나요?"

어떤 사람이라…… 라고 중얼거리며 코마츠 씨는 천장을 올려다보았다.

"나이는 30대 중반 정도였을 거야. 키가 크고 긴장감 있는 분위기에 얼핏 보면 운동을 한 듯한 몸이었어. 싱글거리고 있어서 뭐, 상냥해 보이는 인상이었지. 그래서 깜빡 확인도 안 하고 들여보냈어."

이야기를 듣는 한 나쁜 사람이라는 생각은 들지 않았다. 홈즈 씨는 어떻게 생각하고 있나 싶어 얼굴을 올려다보고 나는 놀랐다.

홈즈 씨는 눈을 크게 뜨고 입에 손을 대고 있었다.

"홈즈 씨?"

"뭐야, 아는 녀석이야?"

앞다투어 묻는 나와 코미츠 씨에게 홈즈 씨는 "저기" 하고 확인하듯이 물었다.

"그 남자에게 점은 없었나요? 보조개 부근에요."

그렇게 말하고 홈즈 씨는 자신의 왼쪽 뺨, 입가의 약간 위에 검지를 댔다.

아아, 하고 코마츠 씨는 손뼉을 쳤다.

"있었어 있었어. 마릴린 먼로와 거의 같은 위치에."

"……그런가요."

"형씨, 짐작 가는 게 있는 거지?"

"네, 뭐. 혹시나 하는 수준입니다만……."

홈즈 씨는 얼버무리듯이 대답하고 시선을 돌렸다.

2

그 무렵 엔쇼는 기온의 코마츠 탐정 사무소의 2층에 있는 자기 방으로 돌아와 방의 중심에 놓여 있던 새하얀 캔버스를 들고 둘로 부러뜨렸다.

뒤를 쫓아왔던 이린은 방에 뛰어들자마자 그 기세 그대로 물었다.

"대체 무슨 짓을 하는 거예요?"

"이제 이런 거에 볼일 없다."

엔쇼는 내뱉듯이 말하고 붓 등이 든 상자를 쓰레기통에 던져 넣었다.

"볼일이 없다니 왜요?"

"더 이상 나는 안 그린다."

"왜요? 그리고 왜 전람회를 그만둔다는 거예요?"

"내 따위가 전람회를 하면 웃음거리밖에 안 된다."

이린은 나 따위라니, 라고 말하며 엔쇼에게 다가갔다.

"무슨 소리를 하는 거예요. 당신의 작품은 훌륭해요! 전 세계의 그림을 보아온 아버지가 극찬했어요."

"뭔 소리고, 아버지가 극찬하면 훌륭한 거가."

"그게 아니에요. 나도 그렇게 생각해요."

"그라믄 그건 틀렸다. 그 남자가 말하는 대로다. 내가 그린 건 전부 어쩔 수 없는 가짜다."

"그 남자라뇨?"

"……아무것도 아이다."

"당신은 어쩔 수 없지 않아요. 훌륭한 창작자고, 그리고 나는 개인적으로 저기……."

갑자기 횡설수설하는 이린을 보고 엔쇼는 눈을 가늘게 뜨며 째려봤다.

"뭐고?"

"저기……. 그때부터 당신에 대해서도 신경 쓰기 시작했어요."

이린은 눈을 내리 뜨고 볼을 붉혔다. 엔쇼는 코웃음을 쳤다.

"말은 잘한다. 그런 건 거짓말이데이."

"거, 거짓말 아니에요."
"그라믄 착각이데이."
엔쇼는 내뱉듯이 말하고 어깨를 으쓱거렸다.
"왜 그렇게 말해요?"
"댁이 참말로 좋아하는 건 내가 아니라 홈즈 씨겠제."
그렇게 단언한 엔쇼에게 이린은 허를 찔린 듯한 표정을 보였다.
"왜…… 그런 말을……."
"댁은 홈즈 씨에게 말을 걸 때 부끄러워서 긴장한다. '군'을 붙여서 부르는 건 그걸 숨기기 위해서 일부러 그러는 거겠제."
이린은 큭, 하고 입을 다물었다.
"하지만 그 남자한테는 아오이 씨가 있다. 차마 볼 수 없을 만큼 간절한 사랑이제. 내랑 홈즈 씨는 전혀 다른 것 같지만 어딘가 비슷한 면도 있다고 하더라. 그래서 거기에 끌린 것뿐이다."
"멋대로 말하지 말아요!"
이린은 목소리를 높였다.
"그런 거 아니에요. 내 마음을 멋대로 정하지 말아요. 나는 홈즈 군을 좋아하지 않고, 내가 당신을 신경 쓰는 이유에 홈즈 군은 전혀 상관없어요."
필사적으로 부정하는 이린의 모습을 보면서 엔쇼는 코웃음을 쳤다. 그대로 그녀의 손목을 잡아 다다미에 밀어 쓰러뜨렸다.

"그라믄 내가 댁한테 이렇게 해도 괜찮나?"

몸을 덮으며 엔쇼가 묻자 이린은 얼굴을 굳혔다.

온몸을 떨며 겁먹은 눈빛을 보였다.

그런 그녀를 내려다보고 엔쇼는 어깨를 떨며 웃었다.

"이봐라, 엄청 무서워한다 아이가."

"그야 당연하죠. 설령 좋아하는 사람이라 해도 갑자기 이런 짓을 당하면 무서울 거예요."

엔쇼는 흐음, 하고 중얼거리고 "그라믄 이렇게 하면 어떻노"라며 숨을 들이쉬고 갑자기 진지한 표정을 보였다.

"이린, 무서워하지 말아요."

엔쇼는 이린을 내려다본 채 키요타카와 똑같은 말투로 그렇게 말했다.

이린은 할 말을 잃고 눈을 크게 떴다.

"괜찮아요, 저는 당신을 다치게 하지 않고 부드럽게 할게요. 아아, 싫으면 말해줘요. 바로 그만둘 테니."

엔쇼는 이린의 머리를 부드럽게 손으로 잡고 가만히 키스하며 후훗, 하고 웃었다.

지금 이린을 바라보고 있는 것은 전혀 다른 사람인데 키요타카의 모습이 겹쳐 보였다.

마치 키요타카가 들어간 듯한 엔쇼의 모습에 이린은 곤혹스러워하며 시선을 이리저리 움직였다.

"당신은 대체……?"

"싫어요, 그런 얼굴로 보지 말아요. 자, 눈을 감아요. 그러면 정말로 내게 안겨 있는 것처럼 느껴질 거예요."

엔쇼가 이린의 귓가에 얼굴을 가까이 한 그 순간 그 몸을 밀어냈다.

"하지 말아요."

"꽤 비슷하제? 내는 모방의 프로라서 성대모사는 특기다. 사랑하는 홈즈 씨라서 좀 두근거렸제?"

"무시하지 마!"

이린은 엔쇼의 따귀를 후려쳤다.

"나는 확실히 홈즈 군을 앞에 두면 두근거렸어. 그야 그는 스마트하고 박식하고 상냥해서 괜찮다고……. 멋진 사람이라고 생각했어."

하지만, 하고 이린은 숨을 헐떡이며 이어 말했다.

"당신이 말한 대로 그의 곁에는 아오이 씨가 있어. 그 사람은 항상 아오이 씨를 생각해. 그래서 내 마음은 거기서 멈췄어. 하지만 역시 멋진 사람이니까 그를 앞에 두면 두근거린 적은 있었어. 그렇지만 그건 단순한 동경 같은 거야. 애초에 나는 조금 떨어진 곳에서 그를 봐왔을 뿐이야. 당신과 홈즈 군이 닮았는지 닮지 않았는지는 몰라, 그 정도 거리감이야.

하지만 당신은 다른 것 같아."

"뭐가 다르노?"

"당신은 나를 평범한 여자로 취급해줬잖아. 차갑게 대했지만 오빠에게 나를 좋게 말해줬잖아."

"——뭐?"

평범한 여자로 대해준 것만으로 마음이 기울어지다니, 대부호의 딸은 간단하데이.

엔쇼는 목구멍까지 나왔던 말을 삼켰다.

과거 키요타카와 싸웠을 때 자신들 사이에 뛰어들었던 아오이의 모습이 떠올랐기 때문이다. 그때 '두 사람 모두 파티 자리예요, 적당히 하세요!'라고 외친 아오이. 자신만을 나쁜 놈 취급하지 않고 자신과 키요타카를 평등하게 대했다. 그 모습에 마음이 기울었다.

나도 참 쉬웠데이, 라며 엔쇼는 자조적으로 웃었다.

누군가에게 호의를 보이는 계기는 그런 것일지도 모른다.

이린은 어깨로 숨을 몰아쉬며 눈에 고인 눈물을 손등으로 닦았다.

"나는 당신의 재능에도 감탄하고 있어. 정말 대단하다고 생각해. 인류의 긴 역사 속에서 멋진 재능을 가졌지만 파묻힌 사람은 별의 숫자만큼 있을 거야. 주목받느냐 받지 못하느냐에는 운도 크게 좌우하는 법이야. 지금의 당신에게는 재능뿐만 아니라 운도 따르고 있어. 제발 그걸 스스로 버리려 하지……."

"시끄럽다!"

엔쇼는 소리를 지르고 이린을 노려봤다. 이린은 몸을 움찔 떨었다.

진심으로 고함을 지른 것을 부끄러워하듯이 엔쇼는 가만히 등을 돌렸다.

"그만 돌아가 주지 않겠나?"

"…………."

"혼자 있고 싶데이."

몸을 돌리지 않고 엔쇼가 그렇게 말하자 이린은 말없이 일어나 가만히 방을 나갔다.

3

야가시라 저택에서는 코마츠 씨와 유키 씨가 돌아갈 준비를 하고 있었다.

코마츠 씨는 일어나려 하다가 "그러고 보니"라고 말하며 다시 앉았다.

"요전에 타도코로 히로키가 찾아왔었어."

네? 하고 나는 고개를 갸웃거렸다.

“그 사람은 분명 아츠코 씨의 아들이죠?”

코마츠 씨는 그래, 라며 고개를 끄덕이고 머리를 긁적였다.

“맞아, 갑자기 이상한 걸 물었어.”

“이상한 거라니요?”라고 묻는 홈즈 씨.

“엔쇼의 약점을 알고 싶다고 했어.”

그 말을 듣고 홈즈 씨의 안색이 바뀌었다.

분명 엔쇼의 약점은 유키 씨일 테니 그의 신변을 염려했으리라.

“그래서 당신은 뭐라고 대답했나요?”

당사자인 유키 씨는 긴장한 얼굴로 코마츠 씨의 대답을 기다렸다.

“아니 그게, 나는 잠시 생각하고 형씨라고 생각한다고 대답했어.”

너무나도 의외인 말에 우리는 모두 눈을 깜빡였다.

한 박자 있다 홈즈 씨는 뭔가 짚이는 것이 있는지 그런 거였군요……, 하고 이마에 손을 댔다.

“형씨, 무슨 일 있었어?”

홈즈 씨는 마음을 다잡은 듯이 얼굴을 들었다.

“아니, 대단한 일은 아닙니다. 그보다 그의 약점을 질문 받고 유키 씨나 여성의 이름을 대지 않았던 건 현명했다고 생각합니다. 코마츠 씨의 순간적인 판단이겠죠.”

아니라며 코마츠 씨는 곤란한 듯이 손을 내저었다.

"엔쇼가 소꿉친구를 소중히 여긴다는 얘기는 들었지만 애초에 이름을 몰랐어. 그리고 나는 그때 비교적 진심으로 대답했어. 엔쇼의 마음을 가장 뒤흔드는 존재는 다른 누구도 아닌 형씨라고 생각했어. 그 녀석은 형씨를 앞에 두면 이성을 잃는 경우도 있고 뭐랄까, 손 쓸 수 없는 어린애처럼 되니까."

홈즈 씨는 당황한 듯이 미간에 주름을 지었다.

그러자 유키 씨가 놀란 듯이 중얼거렸다.

"신야 형이 이성을 잃다니, 상상이 안 가네."

나는 저기, 하고 앞으로 나서서 물었다.

"유키 씨가 아는 엔쇼 씨……, 과거의 신야 씨는 어떤 사람이었나요?"

그러네요, 하고 유키 씨는 무릎 위에서 두 손을 깍지 끼었다.

"제게는 상냥하고 강해서 히어로 같은 사람이었어요. 형의 아버지는 자주 연립주택 앞에 취해 쓰러져 있었는데, 형은 항상 안색 하나 변하지 않고 안고 집으로 데리고 갔고, 제가 괴롭힘당하면 그 상대에게 앙갚음을 해주거나, 배가 고파서 힘들어하면 음식을 가져와주기도 했고요."

하지만, 하고 유키 씨는 먼 곳을 보는 눈빛을 보였다.

"신야 형은 화를 잘 내는 사람이었는데, 생각해보면 그건 제가 괴롭힘당하거나 끈질기게 모욕하는 녀석들을 일축하기 위한 것이라서 이성을 잃는 모습은 본 적이 없어요. 형은 자신에 대해서는 어딘가 차갑다고 해야 할까, 체념한 면이 있던 것 같아요……."

나는 입을 다물고 동의했다.

홈즈 씨는 그랬군요, 하고 부드러운 어조로 말했다.

"현재 그가 이성을 잃는 경우가 있는 건 겨우 자신의 인생을 되찾으려고 몸부림치고 있다는 증거일지도 모르겠네요."

자신의 전부를 포기하고 있던 엔쇼는 일어서려 하고 있는 것일지도 모른다.

그럼, 하고 홈즈 씨는 허리에 손을 대고 코마츠 씨에게 시선을 보냈다.

"전람회도 그렇지만 타도코로 히로키의 문제도 정리해야 합니다. 레이토 씨에게 보고를 받았으니 사다 씨 커플의 의뢰에도 답을 해줘야 하고요."

코마츠 씨는 "오" 하고 눈을 크게 떴다.

"진상을 안 거야?"

"윤곽이 확실해졌습니다. 남은 건 당신이 타도코로 히로키와 사다 유타카의 아버지, 사토 코지에 대해 조사해주시면 됩니다."

"사토 코지에 대해서는 대강 조사했는데?"

"사토 코지 자신이 아니라 사토가의 조상을 조사해주세요.

구설수에 이르기까지요."

그렇게 말한 홈즈 씨에게 코마츠 씨는 흐음, 하고 맞장구를 쳤다.

코마츠 씨는 그대로 사무소에서 조사를 하겠다고 말하고 거실을 뒤로했고, 이어서 유키 씨도 "그러면 저도 이만 가볼게요" 하고 일어섰다.

"유키 씨, 오늘은 감사했습니다. 어떻게든 전람회를 개최하고 싶으니 프로젝트를 진행해도 될까요? 만약 도저히 어려우면 '고베 키리코전'으로 할게요."

내가 진지한 얼굴로 말하자 유키 씨는 유쾌하게 웃었다.

"어떻게든 개최하고 싶다고 생각하면 그런 약한 말은 하지 말아요."

네, 하고 나는 어깨를 으쓱거리고 조심스레 물었다.

"저기, 저는 엔쇼 씨를 설득하러 가고 싶은데요, 유키 씨도 같이 갈 수 있으세요?"

그러자 그는 미안하다는 듯이 고개를 저었다.

"아니요, 제가 같이 가는 건 역효과일 거예요. 신야 형은 자신이 약한 면을 제게는 보여주고 싶지 않을 테니까요."

거기에는 홈즈 씨도 동감이었는지 그러네요, 하고 맞장구를 쳤다.

"토라진 창작자를 어떻게든 설득하는 것도 큐레이터의 업무라고 생각해요. 신야 형 전람회의 큐레이터는 아오이 씨, 당신이니까요. 노력해주세요. 우리 고베 키리코는 형의 전람회에 힘을 보탤 수 있어서 영광이에요. 저희도 더한층 빛날 수 있도록 최대한 노력할게요."

그렇게 말하고 미소 지은 유키 씨는 아주 야무져서 어딘가 믿음직스럽게 느껴졌다.

내 안의 유키 씨라는 사람은 섬세하지만 연약한 이미지가 있었다.

하지만 그것은 이제 과거의 이야기이리라.

지금의 그의 모습을 엔쇼에게 보여주고 싶다.

"네, 열심히 할게요. 잘 부탁드려요."

나는 그런 마음으로 강하게 고개를 끄덕였다.

4

"——엔쇼를 찾아간 건 아마 후가라고 생각해요."

유키 씨가 돌아간 후다.

저녁을 먹고 우리는 홈즈 씨의 방 소파에 나란히 앉아 와인을 마시고 있었다.

작업이나 협의가 오래 걸리는 것을 예상하고 오늘 밤은 여기서 묵겠다고 사전에 부모님에게 말했다. 그래서 시간을 신경 쓰지 않고 지내고 있었다.

방에는 카페 음악이 흐르고 전원을 켜지 않은 큰 TV는 거울처럼 우리의 모습을 비추고 있었다.

"후가라면 그 그림의 화가요?"

내 머릿속에 크리스마스 시장의 그림이 떠올랐다.

그래요, 하고 홈즈 씨는 허공을 응시했다.

"그 그림의 작가예요. 좋은 기회이니 제대로 설명할게요. 나와 후가의 이야기예요. 들어줄래요?"

그렇게 말하고 그는 나와 시선을 맞추었다. 나는 네, 하고 고개를 끄덕였다.

지금부터 10년 이상 된 이야기예요, 하고 홈즈 씨는 조용히 이야기하기 시작했다.

"내가 열세 살 때 처음으로 내가 진심으로 가지고 싶다고 생각했던 그림을 구입했어요. 그건 파리의 거리를 그린 풍경화예요. 원래 그 그림은 열 살 때 파리의 골동품점에서 발견한 것이고, 그때부터 줄곧 동경하던 거였어요."

나는 아무 말 없이 홈즈 씨의 말에 귀를 기울였다.

"하지만 그 그림을 손에 넣은 순간 동경했던 마음이 마치 환상처럼 옅어졌어요. 스스로도 당황했어요. 그때부터 나는 자신을 확인해보게 됐어요."

"확인해보다니요?"

무슨 뜻인지 알 수 없어서 고개를 살짝 갸웃거리자 홈즈 씨는 쓴웃음을 지었다.

"아주 마음에 든 작품을 찾아내 손에 넣어본다. 그때 나는 어떤 감정을 품을까…… 그런 짓을 반복해봤어요. 결과는 어느 것이나 같아서 아무래도 나는 손에 넣으면 그 물건에 대한 마음이 옅어진다는 사실을 알았어요."

나는 홈즈 씨와 만났을 때 그가 한 이야기를 떠올렸다.

——저는 '손에 넣고 싶다'고는 생각하지 않습니다. 이렇게 멋진 물건을 볼 수 있다면 충분합니다. 살아 있는 동안에 하나라도 많이 이런 아름다운 작품을 보고 싶다고 생각하고, 그러기 위해서는 세계 어디든 갈 수 있다는 마음으로 있습니다. 하지만 그 물건을 손에 넣고 싶다고는 생각하지 않아요. 이렇게 바라보고 가슴에, 기억에 담아둘 수 있다면 그것으로 행복합니다.

그때는 홈즈 씨는 그런 사람이라고 생각했을 뿐이었다.

하지만 그는 그런 경위가 있어서 미술품을 손에 넣으려고 생각하지 않게 되었다.

"내가 '후가'라는 아호를 가진 교토의 미대에 다니는 남학생을 만난 건 그로부터 조금 지난 무렵이에요. 본명은 히라마사 후타(平雅風太)라고 해요. 본인은 후타라는 이름이 어린애 같다면서 성에 맞춘 후가(風雅)라는 아호를 지었다고 해요."

후가의 본명은 히라마사 후타.

후가와 후타, 한 글자 차이일 뿐인데 이미지가 상당히 바뀌었다.

"내가 보기에 그는 후가보다 후타가 더 맞는 사람이었어요. 보조개 위치에 점이 있고, 웃으면 덧니가 보이는 밝고 산뜻한 청년이었어요. 미대생이라기보다 운동부 출신의 쾌활한 대학생이라는 인상이었어요. 실제로 그는 중학교 때까지 농구를 했다나 봐요. 무릎이 고장 나 농구를 할 수 없게 돼서 뭔가 하고 싶다며 붓을 잡은 게 미술의 길을 걸은 계기였다고 해요."

엔쇼를 찾아온 남자는 키가 컸다고 코마츠 씨가 말했다.

농구를 했던 것도 관계가 있을지도 모른다.

"내가 그의 작품을 본 건 미대생의 전람회였어요. 아오이 씨도 본 크리스마스 시장 그림이에요. 부드럽고 따듯하고 어딘가 환상적인 분위기. 나는 그의 작품에 매료됐어요. 무슨 일이 있어도 그 그림이 가지고 싶어서…… 구입했어요."

홈즈 씨는 거기까지 말하고 미안해요, 하고 내게 머리를 살짝 숙였다.

"……그 그림이 빌린 것이라는 말은 거짓말이에요."

알고 있었어요, 하고 나는 작은 목소리로 대답했다.

"그 그림을 손에 넣고 홈즈 씨의 마음은 어떻게 바뀌었나요? 원했던 것이라도 손에 넣으면 마음이 식어버리는 거죠?"

네, 하고 홈즈 씨는 동의했다.

"역시 손에 넣은 순간 작품에 대한 강한 마음은 옅어졌어요. 하지만 후가라는 창작자에 매료된 건 확실해요. 그의 그림을 많은 사람에게 보여주고 싶다, 그 재능을 세상에 알리고 싶다고 어린 나는 생각했어요."

"그 무렵의 홈즈 씨는 아직 중학생이었죠?"

"열네 살이었어요."

"중학교 3학년이네요."

"네. 지금과 달리 인터넷도 그렇게 보급되어 있지 않아서 당시 대부분의 열네 살은 아무것도 할 수 없었어요. 하지만 내게는 할아버지를 통한 인맥이 있었어요. 미술계의 권위자는 물론 유명한 미술 평론가도 알고 있어요. 할아버지의 힘을 빌려 업계에 영향이 있는 사람들에게 후가의 작품을 보게 할 수 있는 셈이죠. 만약 그들의 눈에 들면 기회가 열려요."

인맥으로 유명한 사람의 눈에 띌 기회를 마련한다.

그 말만 들으면 불공평함을 느끼는 사람도 있으리라. 하지만 애초에 작품이 좋지 않으면 어떤 기회가 주어져도 평가는 받을 수 없다.

작품이 누군가의 눈에 들어 거기서부터 인연이 넓어져 유명해진다.

그것도 창작자 자신의 운이라고 할 수 있으리라.

"나는 후가의 작품은 물론 그 자체를 연모했어요. 밝고 천진난만하고 그의 작품에 나타나듯이 아주 따듯하고……. 당시의 나는 자주 그의 아틀리에에 놀러 갔답니다. 그도 조숙한 나를 조금 재미있어하면서 아주 귀여워해줬어요. 당시 우리는 형제 같다는 말을 자주 들었어요."

홈즈 씨는 그리운 듯이 띄엄띄엄 이야기했다.

전에 홈즈 씨는 자신에게는 창작의 재능이 없다고 했다. 그래서 창작자에게 강한 동경을 품고 있다고도.

당시의 그는 순수하게 후가를 동경하고 연모했을 것이다.

"머지않아 후가의 작품은 할아버지의 인맥으로 미술계 권위자의 눈에 띄어 평가를 받게 됐어요. 이윽고 세계적인 큰 콩쿠르에 도전하지 않겠느냐는 제안을 받았어요. 선택받은 사람밖에 참가할 수 없는 콩쿠르라서 그는 아주 기뻐하며 내게 감사했어요. 걸작을 그리겠다며 의욕을 보였죠……."

거기까지 말하고 홈즈 씨는 눈을 내리 떴다.

"하지만 그는 그 후 그림을 그릴 수 없게 됐어요. 주위의 기대를 무겁게 느꼈어요. 그래도 모처럼 온 기회를 잡으려고 그는 몸부림 쳤어요……."

후가의 마음을 조금 알 것 같았다. 세계도 수준도 전혀 다르지만 나도 압박 때문에 움직일 수 없어졌기 때문이다.

"이윽고 그는 좋지 않은 것에 손을 대고 말았어요."

"좋지 않은 거라뇨?"

"약물이에요."

내 심장이 불길한 소리를 냈다.

"나는 그때까지 약물 사용자를 접한 적이 없어서 그의 이변을 기묘하게 생각하면서도 큰 콩쿠르를 앞두고 정서가 불안정해졌다고 생각했어요. 무엇보다 그는 작품에 집중하고 싶다며 나를 멀리했어요. 그러는 사이에 그는 점점 약에 빠져들었어요. 그리고 남의 이목을 의식하지 않는 지경까지 오고 말았어요."

"어떤 일인가요?"

"위법 약물을 사려면 돈이 들어요. 그는 금전적으로 곤란해서 약을 손에 넣을 수 없게 돼 어쩔 수 없게 됐을 때 내게 이렇게 말했어요. '키요타카, 비싼 고미술품을 그려보고 싶으니까 가게에 있는 걸 빌려주지 않을래?'라고……."

나는 눈을 크게 뜨고 홈즈 씨를 바라보았다.

"그건……."

홈즈 씨는 괴로운 표정으로 네, 하고 고개를 끄덕였다.

"존경하는 사람을 의심하고 싶지 않았지만 이상하다고 생각한 나는 비싼 물건이 아니라 평범한 꽃병을 그에게 가져갔어요. 예상대로 그는 그것을 팔려고 했어요."

그럴 수가, 라며 나는 미간을 찌푸렸다.

"내게 거짓말을 하고 나를 이용하면서까지 약을 살 돈을 마련하려고 했다. 그런 그는 이미 내가 모르는 사람이에요. 전에도 이야기한 적이 있지만, 약물 중독자라는 존재는 우선순위의 제일 위가 약으로 바뀌어요. 그는 약에 지배당하고 있다고 확신했어요. ……아니, 사실은 어렴풋이 눈치채고 있었지만 인정하고 싶지 않았어요."

홈즈 씨는 한 박자 쉬고 다시 입을 열었다.

"유유상종이라고, 약물을 하자 그런 동료도 늘어갔어요. 동료가 있으면 서로 자신이 하는 짓을 긍정해주기 때문에 죄책감이 옅어져가요. 그리고 대담해져가요. 그는 점점 변해서 아틀리에에서 약물 파티를 여는 지경까지 됐어요."

이야기를 들으면서 나는 몸에서 핏기가 사라져가는 것을 느꼈다.

"어느 날 밤 그의 아틀리에에서 그런 파티가 열리는 것을 안 나는 경찰에 신고했어요. 더 좋은 방법이 있었을지도 모르지만 그때의 내게는 다른 방법이 생각나지 않았어요. 그의 눈을 뜨게 하고 싶었어요……."

"그래서 그들은 어떻게 됐어요?"

"그를 포함해 파티에 참가했던 동료들은 일제히 검거됐어요."

나는 순간적으로 홈즈 씨의 얼굴을 보았다.

그는 기분 나쁠 만큼 무표정했다.

"그 후 후가는……?"

"실형을 받지는 않았지만 그림을 그리는 것을 그만뒀어요."

홈즈 씨는 그렇게 말하고 눈을 내리 떴다.

"…………."

나는 이때 겨우 홈즈 씨가 약물을 증오하는 이유를 알았다.

"그렇게 걱정스러운 얼굴 하지 말아요. 이제 괜찮아요. 과거의 이야기예요. 지독하게 실망하고 질릴 만큼 자신을 질책해서요……."

홈즈 씨는 나를 내려다보고 입가를 끌어올렸다.

이것은 거짓말을 할 때의 미소다.

정말로 이제 괜찮다면 후가의 작품을 앞에 두고 그렇게 동요하지 않는다.

지금도 그의 안에 응어리처럼 남아 있으리라.

타카미야 씨가 엔쇼의 아버지에게 힘을 빌려주었던 것처럼 미술품을 사랑하는 사람이 훌륭한 작품을 만드는 창작자를 응원하고 싶다고 생각하는 것은 자연스러운 일이리라.

창작자 쪽도 찾아온 기회에 편승하느냐 편승하지 않느냐를 선택할 권리가 있다.

홈즈 씨가 이어준 기회에 기뻐하고 편승하면서도 무서워져서 도망친 것은 자신의 나약함 때문이다.

다른 누구의 탓도 아니다.

그렇게 말하려다 나는 입을 다물었다.

이런 것은 굳이 말하지 않아도 그가 알고 있을 것이다.

분명 그는 몇만 번이나 '나는 나쁘지 않다', '하지만 나와 만나지 않았다면 그는 그렇게 되지 않았을 것이다'라며 고뇌해 왔을 게 틀림없다.

"홈즈 씨……."

나는 가만히 손을 뻗어 그의 몸을 감싸듯이 끌어안았다.

"……힘들었죠."

그때 그의 몸이 희미하게 떨렸다.

아무리 똑똑해도 그때의 그는 아직 중학생. 열네 살이라는 민감한 시기에 경애하는 창작자가 타락해가는 모습을 곁에서 보고 말았다.

그것도 자신이 관련되지 않았다면, 더 말할 것도 없으리라.

"괴로웠죠……."

내 가슴이 욱신거렸다.

그 등을 쓰다듬자 고마워요, 하고 잠긴 목소리가 희미하게 들렸다.

홈즈 씨는 나를 마주 끌어안았다.

"키요타카 군……."

나는 그의 볼을 두 손을 감싸고 가만히 이마를 맞댔다.

거기에 응하듯이 이번에는 그가 입술을 겹쳤다.

"――좋아한데이, 아오이."

애달픈 울림에 내 가슴이 더 아팠다.

우리는 마주 안으면서 아주 긴 키스를 나눴다.

위로할 생각이나 배려하는 마음에서 바란 것이 아니다.

그저 서로를 원해서 우리는 살을 맞댔다.

몇 번인가의 달콤한 행위가 남긴 여운에 나른함을 느끼면서 나는 그의 침대에 누워 천장을 올려다보았다.

옆에서는 홈즈 씨가 손을 잡은 채 내게 붙어 눈을 감고 있었다. 어리광 부리는 아이 같은 모습이 사랑스러워서 나는 잡은 손에 힘을 꼭 실었다.

그는 가만히 눈을 뜨고 귓가에 속삭였다.

"……그건 다시 한 번이라는 신호인가요?"

나는 그럴 리가요, 하고 작게 웃으면서 몸을 움츠렸다.

"홈즈 씨는 의외네요."

"의외요?"

"얼핏 초식남으로 보이잖아요."

"글쎄요? 애초에 초식남이 아니라고 생각하는데요."

그런가요? 하고 나는 그를 보았다.

"네, 나는 기본적으로 항상 당신을 원해요. 하지만 당신이 그런 기분이 아닐 것 같은 경우에는 대기하고 있어요. 스테이 키요타카예요."

스테이 키요타카라니, 라고 말하며 나는 웃음을 터뜨렸다.

"여성의 승낙이 있어야 남자는 이를 수 있다. 그것이 생물로서 자연스럽다고 생각해서요."

확실히 동물의 세계에서는 암컷의 승낙을 얻어야 수컷은 비로소 행위에 이르는 경우가 많은 것 같다.

"그러니 항상 신호해줘요. 키요타카가 쏜살같이 달려갈 테니."

장난스럽게 웃고 이마를 맞댔다.

"쏜살같이 달려온다뇨."

나는 차암, 하고 부끄러워하면서도 아주 밝은 분위기가 된 그의 모습에 기뻐졌다.

"그러고 보니 지금 몇 시인가요?"

"밤 12시가 되는 참이에요."

"이제 곧 오늘이 끝나네요."

정말 격동의 하루였다.

이런저런 일이 있었지만 그중에서도 엔쇼의 말과 홈즈 씨의 과거 고백은 충격적이었다.

동시에 후가라는 사람을 떠올렸다.

재능이 있는 화가였다. 홈즈 씨를 만나 좋은 기회를 얻었지만 압박을 견디지 못하고 약물로 도망쳐 붓을 꺾고 말았다.

그런 사람이 이번에는 엔쇼의 마음을 꺾었다.

"정말 기묘한 인연이네요. 왠지 믿을 수 없어요……."

"그렇다고도 할 수 없어요."

홈즈 씨는 잡은 손을 천장을 향해 올렸다.

"인간의 역사를 풀어나가다 보면 놀랄 만한 인연을 보는 경우가 많이 있어요. 안데르센이 남긴 말 중 '모든 인간의 일생은 신이 쓴 동화에 지나지 않는다'는 말이 있는데요, 가끔 그런 이야기가 머리를 스칠 만큼 인연이나 유대에 놀라는 경우가 있어요."

"신이 쓴 동화……. 멋지네요."

하지만…….

"감이 좀 안 와요. 제 이야기는 신이 아니라 제가 엮고 싶다고 생각하고 있기 때문일지도 몰라요."

홈즈 씨는 그런가요? 하고 흥미로운 듯이 나를 보았다.

"제가 생각하기에 신이 준비해주는 건 '무대'예요. 거기서 인간 한 명 한 명이 스스로 선택을 거듭해 인생이라는 이야기를 만들어간다. 신은 그것을 관찰하고 가끔 도움을 주거나 깜짝 놀랄 인연을 보여준다고 해야 할까요."

이 세계는 실은 신의 모형 정원. 그렇게 생각하면 넓게 느껴지던 세계가 실은 좁은 것도 당연하다. 커다란 존재는 모형 정원에서 열심히 사는 우리의 모습을 내려다보며 즐거워하고 있을지도 모른다.

"그야말로 신들의 유희네요. 조금 부러운 오락이에요."

후훗, 하고 웃는 홈즈 씨의 말에 부럽다니요, 라며 나도 얼굴에서 힘을 풀었다.

그런 신의 모형 정원에는 자신과 아주 닮은 한 쌍이 되는 존재가 있다.

만날 수 있을지 없을지는 인연에 달렸다.

어쩌면 만나지 못하는 사람이 더 많을지도 모른다.

하지만 홈즈 씨와 엔쇼는 만나고 말았다.

엔쇼의 약점이 홈즈 씨라는 말은 나로서 납득이 갔다.

그것은 홈즈 씨도 마찬가지이리라.

그렇다면――.

"홈즈 씨."

말을 걸자 홈즈 씨는 타이르듯이 내 입에 검지를 댔다.

"몇 번이나 말했지만 침대에서는 이름으로 불러요."

"아, 저기, 키요타카 씨."

"'군'을 붙여서 부르는 게 실은 더 두근거리는데요."

내가 입을 삐죽이자 그는 왜 그래요? 라며 즐겁게 웃었다.

"부탁이 있어요."

진지한 표정으로 내가 말하자 홈즈 씨의 표정도 바뀌었다.

이것은 엔쇼의 전람회 큐레이터로서 홈즈 씨에게 하는 의뢰다.

그 바람을 전하자 그는 입가를 끌어올리고 고개를 끄덕였다.

"알았어요."

감사합니다, 하고 나는 그에게 다가가 올려다보았다.

"그리고 또 하나 부탁이 있어요."

"뭔가요? 당신의 부탁이라면 무엇이든 괜찮아요."

"내일 데이트하고 싶어요."

그렇게 말하자 그는 멍하니 눈을 깜빡였다.

*

다음 날 아침에는 느긋하게 일어나 브런치를 먹고 우리는 야가시라 저택을 나왔다.

쾌청하고 햇살은 따듯해도 12월. 교토의 차가운 공기가 몸에 스며들었다.

"데이트는 오랜만이네요."

"네. 아오이 씨가 제안해줘서 기뻤어요."

둘이서 데이트를 하게 되자 추위가 기분 좋게 느껴진다.

우리가 향한 곳은 기온. 우선 야사카 신사. 시조 길에 접한 니시로몬으로 들어가 본전에서 참배를 하고 미나미로몬에서 경내 밖으로 나왔다.

이곳은 과거에 홈즈 씨가 안내해준 왕도 코스였다.

"본격적으로 디스플레이에 들어가기 전에 다시 한 번 돌아보고 싶었어요."

야사카 신사를 나와 남쪽으로 나아가서 막다른 곳에서 동쪽으로 돌자 갑자기 오층탑——야사카 탑이 나왔다.

그 웅장한 모습은 압권으로, 이미 본 것인데도 조금 놀라고 말았다.

"몇 번 와도 감동이네요. 정말 좋아하는 코스예요."

나는 탑을 올려다보며 진지하게 중얼거렸다.

"그렇게 말해주니 그때 안내한 보람이 있네요."

홈즈 씨는 기쁜 듯이 웃었다.

그대로 니네이자카와 산네이자카를 올라갔다. 이 부근 일대는 언제 와도 축제 같은 분위기인, 교토를 상징하는 장소다.

그리고 키요미즈데라로 향했다. 이곳은 홈즈 씨가 가장 좋아한다고 하는 절이다.

본전에서 참배하고 순서에 따라 나아갔다. 튀어나온 '키요미즈의 무대'를 바라볼 수 있는 곳까지 와서 발걸음을 멈추었다.

킨운케이라는 벼랑에 거대한 느티나무 기둥을 늘어놓고 '카케즈쿠리'라는 공법으로 못을 하나도 쓰지 않고 짠 목조 건축. 절의 반대편에는 교토 시내가 펼쳐져 있다.

와아, 하고 나는 하얀 입김을 토했다.

"왠지 오랜만이네요."

"정말이네요."

전에 홈즈 씨와 온 것은 몇 년 전일까?

그 무렵과 거의 달라지지 않은 경치에 안도하는 마음과 감동을 느꼈다.

"여기서 후나오카산은 보이나요?"

나는 차양을 만들고 고개를 뻗었다.

"여기에서는 나무가 우거져서 어려울 것 같네요. 니시몬의 남쪽에서라면 보일지도 모르지만요."

"아쉽네요. 쿠니미의 언덕에서도 키요미즈데라가 보이지 않았죠. 그리고 양쪽에서 다 교토 타워는 보이네요."

"네, 그야말로 교토의 상징이네요."

그런 이야기를 나누고 웃으면서 둘이서 처음 여기에 왔을 때를 떠올렸다.

홈즈 씨에게 왜 이 절이 가장 마음에 드는지를 물었을 때의 일이다.

——그것도 있고, 이곳은 교토 시내가 전부 응축된 듯한 기분이 들어서 그렇습니다. 이 절의 아름다움도, 이곳에 남은 어쩐지 두려운 역사도, 현대의 풍경도, 변하지 않는 광경도. 그 모든 것이 저를 비롯해 사람들을 끌어당기는 걸지도 모릅니다——.

그때의 그가 한 말도, 산뜻한 옆얼굴도 어제 일처럼 기억하고 있다.

그가 이야기해준 것, 가르쳐준 것, 보여준 것, 그 모든 것이 내 양분이 되었다고 다시금 생각했다.

"역시 마음은 달라지지 않는구나."

케이코 씨에게 문자를 보내자.

"마음은, 이라니요?"

"아, 아니요, 저는 역시 '현무군'이다 싶어서요."

뱀에 뒤얽혀 기뻐하는 거북인 것이다. 그런 마음으로 나는 그의 팔에 가만히 붙었다.

"하지만 나는……."

홈즈 씨는 거기까지 말하고 입을 다물었다.

무슨 말을 하려 했나 싶어서 내가 얼굴을 들자 홈즈 씨는 아무것도 아니에요, 라며 미소 짓고 내 얼굴을 들여다보았다.

"그런데 마음의 준비는 됐나요?"

그 질문에 "네?" 하고 나는 놀라 눈을 깜빡였다.

"마음의 준비라니요?"

"이제부터 엔쇼에게 갈 생각이죠?"

"……아."

그쪽인가요, 라고 말할 뻔해서 나는 가슴에 손을 얹었다.

하지만 그의 말은 적중했다.

나는 이후 엔쇼를 찾아가려고 생각하고 있었다.

마음을 다잡고 나는 강한 눈빛을 보냈다.

"됐어요. 지금부터 가려고 해요."

"그러면 갈까요. 혼자서 만나고 싶죠? 사무소 앞까지 바래다줄게요."

홈즈 씨가 손을 내밀었다.

"감사합니다."

나는 그 손을 잡고 그와 함께 히가시야마를 뒤로했다.

5

"——안녕하세요, 엔쇼 씨."

아오이가 코마츠 탐정 사무소 2층——엔쇼의 방을 찾은 것은 저녁이었다.

엔쇼는 아오이가 찾아오겠다고 예상은 했지만 미묘하게 동요를 숨기지 못하고 있었다.

하지만 엔쇼는 그것을 겉으로 드러내지 않고 다다미에 누운 채 대답하지 않고 있었다.

"부탁이 있어요."

아오이는 그렇게 말하고 방 앞 복도에 정좌하고 깊이 머리를 숙였다.

반응을 전혀 보이지 않으려 했지만 아오이의 그런 모습을 보고 싶지 않아서 엔쇼는 저도 모르게 상체를 일으켰다.

"그런 짓은 하지 마라. 무슨 행동을 해도 전람회를 할 생각은 없다. 이 이상 머리를 숙이면 내는 이 방에서 나갈 거데이."

강한 어조로 말하자 아오이는 머리를 들었다.

"이걸 받아주세요."

가방 안에서 봉투를 꺼내 엔쇼의 앞에 놓았다.

"이게 뭐고?"

"초대권이에요."

뭐? 하고 엔쇼는 미간에 주름을 지었다.

"전람회 준비는 진행하고 싶어요. 예정했던 12월 19일에 당신에게만 보여드리고 싶어요. 그리고 무슨 일이 있어도 공개를 원하지 않으시면 그렇게 할게요."

원래 야가시라 저택에서 열릴 전람회는 12월 19일에 프레 오픈을 하고, 다음 날인 20일에 그랜드 오픈을 할 예정이라는 말은 들었다.

"바보가? 그런 건 소용없데이."

코웃음을 쳐도 아오이의 표정은 변하지 않았다.

"댁은 회장을 만들면 내가 어쩔 수 없이 따라갈 거라고 생각한 거겠제. 미안하지만 내는 그런 배려는 안 한다."

"물론 그래도 괜찮아요. 배려를 받고 싶지 않고요."

아오이는 다부진 눈빛으로 말했다.

시선을 맞출 수 없어서 엔쇼는 옆으로 고개를 돌렸다.

"꼭 오세요."

아오이는 다시 한번 머리를 깊이 숙이고 일어섰다.

엔쇼는 얼굴을 돌린 채 아무 대답도 하지 않았다.

6

이렇게 우리는 엔쇼의 전람회 최종 준비에 착수했다.

이것은 다른 누구도 아닌 엔쇼 본인에게 보여주기 위한 전람회다.

이상하게도 수많은 사람에게 보이자고 생각했을 때보다 긴장감을 느꼈다.

하지만 압박으로 움직일 수 없게 되지는 않았다.

어떻게든 그에게 보여줘서 자기 작품의 대단함을 알게 하고 싶다.

내 강한 마음은 관련된 사람들에게도 전염되어가는 듯했다.

고베 키리코 사람들도 이미지에 맞는 작품을 설치해주었다.

전시회장이 완성된 것은 약속 날 전날이었다.

회장에는 나와 고베 키리코의 세 명, 도우러 와준 카오리와 하루히코 씨를 포함한 교토더의 멤버가 있었다.

"다 됐네요."

"정말로요."

수고하셨습니다, 하고 모두는 가슴을 쓸어내리는 듯한 마음으로 손뼉을 쳤다.

나는 사람들을 둘러보고 머리를 숙였다.

"제가 생각했던 것 이상의 회장이 되었어요. 여러분, 정말 감사합니다."

그렇게 말하고 나는 머리를 든 후 고베 키리코의 세 명, 아카마츠 씨, 이가와 씨, 그리고 유키 씨에게 시선을 향했다.

"다시금 멋진 작품을 만들어주셔서 감사합니다."

아니라며 그들은 고개를 저었다.

"이쪽이야말로 이런 멋진 작품과 콜라보할 수 있어서 기뻐요."

"감사합니다."

기뻐하는 아카마츠 씨와 이가와 씨의 옆에서 유키 씨만은 들뜨지 않은 표정이었다.

"유키 씨, 왜 그러세요? 회장에 대해 생각하는 바가 있으신가요?"

유키 씨는 이렇게 보여도 상당히 집요했다. 아직 납득이 가지 않는 면이 있을지도 모른다.

그는 "아, 아니에요"라며 정신이 돌아온 듯이 고개를 저었다.

"아주 잘 완성돼서 오히려 불안해졌어요."

"불안?"

"신야 형이 올지 걱정이 돼서요. 형은 오지 않겠다고 하면 오지 않을 테니까요."

그는 엔쇼의 소꿉친구답게 그의 완고함을 잘 알고 있을 것이다.

나는 후훗, 하고 미소 지었다.

"분명 괜찮을 거예요. 오지 않는다고는 하지 않았고, 그리고……."

"그리고?"

"데리고 와달라고 부탁했으니까요."

"누구에게요?"

유키 씨는 그렇게 물은 후 바로 파악했는지 표정을 누그러뜨렸다.

"괜한 질문이었네요."

괜한 질문이라뇨, 라며 나는 웃었다.

엔쇼를 움직이게 할 수 있는 것은 한 사람밖에 없다.

제5장 단 한 사람의 전람회

1

전람회 당일.

야가시라 저택의 현관홀에 있는 벽시계가 큰 소리를 냈다.

오후 4시.

이미 해는 기울기 시작해서 하늘은 저녁놀로 물들어 있었다.

지금 여기에 있는 것은 나와 고베 키리코의 세 명, 그리고 리큐다.

모두는 아무 말 없이 현관홀 소파에 앉아 홈즈 씨가 엔쇼를 데려오기를 기다리고 있었다.

벽시계가 다섯 번째 종을 다 울린 뒤에는 정숙이 더 깊어졌다.

유키 씨가 절망적인 표정으로 중얼거렸다.

"역시 신야 형은 안 와."

내가 무슨 말을 하기 전에 리큐가 입을 열었다.

"아니, 꼭 올 거예요. 키요 형이 데리러 갔으니까요."

그런 두 사람을 보고 나는 희미하게 얼굴을 풀었다.

유키 씨를 처음 만났을 때도 생각했지만 이 두 사람은 같은 '미소년 타입'인데 분위기는 전혀 다르다.

"아, 빨리 키요 형한테 보여주고 싶네. 안 늦어서 다행이야."

리큐는 곁에 놓여 있는 종이 상자로 시선을 떨어뜨렸다.

그 안에는 전에 말한 쿠라 테라마치 산조점 개점 백 년 기념 노트가 들어 있다.

우선 전람회에 와준 사람에게 나눠줄 예정이다.

홈즈 씨가 엔쇼를 데려온다고 믿어 의심치 않는 리큐의 모습에 자리의 분위기가 부드러워졌다.

"리큐, 그 노트 좀 보고 싶어."

내가 상자를 들여다보려 하자 리큐는 뚜껑을 닫아 덮었다.

"안 돼 안 돼. 우선 키요 형한테 보여줄 거야."

너무해, 하고 불만의 목소리를 내자 주위에서 웃음소리가 새어나왔다.

2

아마 내가 오지 않으면 아오이가 맞이하러 올 것이다.

그렇게 예상했던 엔쇼는 전날부터 코마츠 탐정 사무소에서 나와 있었다.

전람회가 끝날 때까지 호텔방에서 가만히 있으려고 했지만 아무래도 진정이 되지 않아서 오후가 되어 방을 나왔다.

그렇다고 해도 갈 곳도 없어서 정신을 차리고 보니 난젠지로 향하고 있었다.

이곳에서 여생을 보내고 싶어서 과거에 몸을 의탁했던 절.

산몬은 여전히 장엄했다. 엔쇼는 걸음을 멈추고 22미터에 달하는 거대한 문을 올려다봤다.

만약 저승이라는 게 진짜로 있다면 그곳에는 이런 문이 있을지도 모른다고 생각하곤 했다.

작게 웃고 문을 지나 잠시 걷다가 키요타카와 처음 만난 방장으로 시선을 보냈다.

그날 나는 키요타카가 찾아올 것을 기다리고 있었다.

사진이나 멀리서만 봤던 키요타카와 겨우 대치할 수 있다는 기쁨을 억누르기가 힘들었다.

그런 기분이 든 것은 그때까지 없었던 일이다.

"내 왜 이러노. 기분 나쁘데이."

작은 목소리로 중얼거리며 자조적으로 웃고 방장에서 떨어져 스이로카쿠로 향했다.

메이지 시대에 만들어진 벽돌 구조의 스이로쿄.

아치형 구조는 마치 고대 로마의 역사적 건조물을 연상하게 할 만큼 아름다웠다.

이 스이로카쿠와 격식 있는 사원이 풍경에 위화감 없이 녹아드는 모습을 보고 마음을 빼앗겼다.

이 장소는 이단인 자신을 받아들여줄 것 같았다.

"안녕하세요."

목소리가 들려서 엔쇼는 튕겨나듯이 고개를 돌렸다.

불길한 예감은 적중해서 기둥 그늘에서 키요타카가 얼굴을 드러냈다.

검은 코트 아래 검은 슈트를 갖춰 입어서 마치 사신 같은 차림새였다.

"왜 여기 있는 거고?"

"여기로 올 것 같아서요."

여기에 온 건 우연히 생각이 났기 때문이다.

어떻게 안 거고, 라며 엔쇼는 혀를 찼다.

"알 수 있습니다. 당신은 어제부터 기온에 돌아가지 않았어요. 그건 전날이나 당일 아침에 아오이 씨가 오면 곤란하다고 생각했기 때문이죠? 당신은 야나기하라 선생님의 집을 찾아간 것도, 아다시노의 연립주택으로 간 것도 아니에요."

그렇다면, 하고 키요타카는 이어 말했다.

"시내의 숙박 시설에 머물기로 한 당신은 절대로 발견되지 않을 그 방에서 오늘이라는 날을 보내고 싶었어요. 그럼에도 불구하고 허무하게 보내고 싶지도 않았죠. 그렇게 복잡하게 뒤얽힌 당신의 마음을 치유해주는 것은 또 하나의 고향이라고도 할 수 있는 이 난젠지밖에 없다고 생각했습니다."

여전히 주절주절 이야기하는 그 입을 바라보며 엔쇼는 지긋지긋해서 미간을 찌푸렸다.

"기분 나쁜 걸 보는 눈을 하지 말아주겠어요?"

"어쩔 수 없다 아이가. 참말로 기분 나쁘다."

"적중했기 때문이겠죠?"

참말로 짜증난데이, 라고 엔쇼는 중얼거렸다.

"그러면 좀 더 짜증나게 해볼까요. 이곳 난젠지는 야가시라 저택에서 그리 멀지 않습니다. 미련이 드러나는 거 아닌가요?"

그 말을 듣자마자 엔쇼는 날카로운 눈빛으로 키요타카를 노려봤다.

"닥쳐라."

하지만 키요타카는 입가에 여전히 웃음을 띠고 있었다.

엔쇼는 혀를 차고 얼굴을 돌렸다.

"근데 뭐고. 아오이 씨한테 부탁 받아서 설득하러 온 거가."

"여기에 있는 이유는 그렇습니다. 하지만 실제로 저로서는 당신이 오든 안 오든 상관없습니다."

뭐? 하고 엔쇼는 고개를 돌렸다.

"만약 당신이 와서 이 전람회가 성공하면 아오이 씨의 실적 중 하나가 됩니다. 만약 오지 않아도 그녀의 평가가 크게 내려갈 일은 없습니다. 물론 그녀는 슬퍼하겠지만 그건 제가 위로할 생각입니다."

흥, 하고 엔쇼는 코웃음을 쳤다.

"돈을 들여 일부러 만든 회장이 전부 쓸모없어져도 신경 안 쓸 만큼 댁은 도련님이니 말이다."

"그 점도 걱정 마시죠. 아오이 씨가 주목하고 있는 유리 창작자 팀이 있으니까요. 원래 이번 전시의 연출을 위해 콜라보할 예정이지만, 당신의 전람회를 열지 못한 경우에는 그들의 단독 전람회로 바꿀 생각입니다."

"뭐고, 제대로 보험을 들어 놨다 아이가."

"마음에 들지 않아졌죠?"

키요타카는 후훗, 하고 웃었다.

적중이었다. 엔쇼는 얼굴을 돌리고 화제를 바꿨다.

"그라믄 댁은 내한테 뭘 말하러 온 거가? 아오이 씨한테 부탁받아서 일단 얼굴만 비추러 온 건 아닐 거 아이가."

"그건 물론 그렇습니다. 당신에게 하고 싶은 말이 있거든요."

뭐고, 하고 엔쇼는 눈을 가늘게 떴다.

"당신은 그 남자에게 '너는 어차피 2차 창작 작가. 착각하지 마'라는 말을 들었다지요? 그 말을 듣고 전람회를 그만두려고 생각했어요."

키요타카가 그렇게 묻자 엔쇼의 심장이 불길한 소리를 냈다.

어째서 그걸 알고 있는 건가 싶어서 동요했지만 바로 코마츠의 얼굴이 떠올랐다.

듣고 있었던 거가, 하고 엔쇼는 작게 한숨을 내쉬었다.

"그래서 그게 어쨌다는 거고."

"다행이네요."

눈을 활처럼 가늘게 뜨는 키요타카와 대조적으로 엔쇼는 눈을 크게 떴다.

뭐가 다행이라는 건가. 충격에 몸이 떨리고 말이 나오지 않았다.

"당신은 이대로 화가로 나아가기가 무서웠어요. 취미로 그리는 정도라면 몰라도 부호들도 주목하기 시작했어요. 도망치고 싶은 마음에 쫓기고 있었어요. 그래서 사실은 도망칠 이유가 필요했던 거죠?"

심장이 두근두근 소리를 냈다.

"그러던 때 선뜻 인정을 받았어요. '저런 말을 듣고 계속 그릴 수 있을 리가 없다'고 자신에 대한 대의명분이 섰어요. 이로써 정말 그림의 세계에서 떠날 수 있습니다. 다행이네요."

키요타카의 미소가 일그러져 보였다.

그건 그렇고, 하고 키요타카는 숨을 내쉬었다.

"당신은 자주 자신을 '밑바닥'이라고 표현했죠? 거기에서 벗어나고 싶은 것도요. 하지만 항상 하는 행동은 정반대. 당신이 말하는 밑바닥에서 빠져나올 수 있게 되면 거기에서 도망칩니다. 결국 당신은 밑바닥이 좋은 겁니다. 그곳에 있으면서 성공한 사람에게 욕을 퍼붓는 정도가 마음이 편한 거죠?"

"……니가."

정신을 차리고 보니 엔쇼는 두 손으로 키요타카의 코트 깃을 잡고 있었다.

"니가——뭘 아는데!"

압니다, 하고 키요타카는 진지한 얼굴을 했다.

"그건 이미 손에 잡힐 듯이."

"어디가 말이가, 내는……."

"네, 당신은 사실은 분해서 못 견디겠죠? 들은 말도 그렇고, 도망치고 마는 자신에 대해서도. 무엇보다 그렇게 화를 내는 건 자신의 마음속에서 반발이 있기 때문이죠?"

한 박자 쉬고 키요타카는 똑바로 엔쇼를 봤다.

"그건 당신의 긍지죠?"

엔쇼는 어금니를 악물고 손을 놓았다.

"당신이 무슨 수를 써도 같은 자리에 머무르는 건 단지 미지의 세계가 무섭기 때문입니다. 그리고 그런 자신이 있다는 것을 마음 어딘가에서 알고 부끄러워하고 있어요."

눈동자 안쪽의 안쪽까지 들여다본 것처럼 말하는 키요타카에게 순간적으로 공포를 느끼고 엔쇼는 얼굴을 돌렸다.

"부끄러워할 필요는 없습니다."

키요타카의 말에 엔쇼는 당황한 듯이 시선을 움직였다.

"당신뿐만 아니라 최악이라고 생각하는 환경에 있으면서 그곳에서 빠져나오지 못하는 사람은 많다고 생각합니다. 그건 같은 곳에 너무 머무르다보니 그곳을 떠나는 이미지가 떠오르지 않아서 그렇습니다. 예를 들어 해외에 간 적도 없고 주위에 간 사람도 없는데 갑자기 해외에서 살라는 말을 들으면 받아들이지 못하게 되는 것과 마찬가지입니다. 당연한 이야기입니다. 하지만 혜택 받은 사람은 해외가 어떤 곳인지 여행을 가서 체험하거나 실제로 사는 사람의 도움을 받을 수 있습니다. 그렇게 하면 공포는 약간만 남습니다. 새로운 세계에서 사는 자신을 상상할 수 있죠."

엔쇼, 라고 말하며 키요타카는 다시 시선을 맞췄다.

"발이 움츠러드는 건 당신의 인생에서 밝은 길로 이끌어주는 사람이 없었기 때문입니다. 그건 부끄러운 것이 아니라 당연한 겁니다."

하지만, 하고 키요타카는 팔짱을 꼈다.

"어른이 된 지금은 그런 자신을 제대로 분석하고 자신에게 부족한 것을 준비해야 합니다. 큐레이터의 업무와 마찬가지입니다. 전부 스스로 보충할 필요는 없어요. 할 수 없는 건 잘하는 사람에게 맡기고 당신은 자신의 창작에 최선을 다하면 됩니다."

그 점에서 아키히토 씨는 우수합니다, 하고 키요타카는 뭔가가 생각난 듯이 어깨를 으쓱거렸다.

"잘하는 사람이라니……. 하지만 창작에 대해서는 댁도 똑같이 생각한다 아이가. 내는 어차피 가짜, 위작자라고."

나는 위작 제작에서 이 세계로 들어온 인간.

원래가 가짜다.

그러자 키요타카는 어이가 없다는 듯이 어깨를 으쓱거렸다.

"여전히 당신은 자신만만하지만 자존감이 낮네요. 균형이 아주 안 좋아요. 자란 환경이 그렇게 만들었겠지만요. 아마 당신의 아버지는 자신의 작품을 똑같이 그렸을 때만 칭찬해줬을 겁니다."

엔쇼는 큭, 하고 입을 다물었다.

그것도 적중했다. 아버지는 무슨 짓을 해도 칭찬해주지 않았다. 하지만 납기에 맞추지 못해서 괴로워하는 아버지를 보다 못해 아버지의 그림을 똑같이 완성했을 때는 '신야, 너는 천재다'라며 목소리를 높였다. 그건 그저 '이것으로 어떻게든 됐다'며 기뻐했을 뿐이었다는 것을 지금은 알고 있다.

하지만 그때는 동요할 만큼 기뻤다.

그리고 이렇게도 생각했다. 나는 '똑같이 그리는 데 천재'라고——.

"남자가 당신에게 한 말, 그런 건 이른바 '한 개인의 감상'입니다."

"한 개인의 감상?"

"당신은 아버지 작품의 모방으로 시작해 창작의 세계로 들어온 것을 신경 쓰고 있어요. 그래서 과도하게 반응하는 것 같은데, 스승의 모방에서 시작하는 건 이 일본에서 옛날부터 당연하게 거쳐온 과정입니다. 예를 들어 우키요에의 세계에서는 제자는 스승의 모방을 반복해 실력을 연마해갔어요. 계기는 사람마다 제각각이고, 결과적으로 스승의 기술을 자신의 양분으로 삼아 훌륭한 창작자가 되면 '승리'입니다."

키요타카의 입에서 '승리'라는 말이 나온 것은 엔쇼에게 조금 의외였다.

이 남자는 명확한 내기가 아니면 '승패'라는 개념을 가지고 있지 않은 것처럼 보였다.

한편 나는 어딘가에서 승패에 집착하고 있었다.

그래서 굳이 그 말을 썼을 거라고 엔쇼는 이야기를 들으면서 생각했다.

"당신이 창작을 계속해간다면 앞으로 만 개의 칭찬과 천 개의 비판을 받을 겁니다. 분명하게 칭찬의 목소리가 많아도 단 하나의 예리한 비판의 목소리에 상처 입고 동요하겠죠. 그건 그렇습니다. 내밀어진 만 송이의 꽃 속에 칼이 하나 들어 있다면 상처를 입고 꽃도 보이지 않게 됩니다. 그건 당연한 이야기입니다. 붓을 꺾고 싶어질 때도 있겠죠. 그래도 시간이 지나면 다시 붓을 들고 맙니다. 그 증거로 출가했던 때도, 야나기하라 선생님에게 몸을 의탁했을 때도 당신은 그림을 그렸어요."

자신에 대해 확신에 가득 차 단언하는 키요타카를 바라보며 엔쇼는 아무 말도 하지 못하고 우두커니 서 있었다.

"당신은 결국 그리지 못하고는 못 배깁니다. 그리고 있는 이상 누군가에게 보이고 싶어집니다. 혼자서 그리고 만족하는 취미의 영역에 머무를 수 없게 됩니다. 당신은 그런 창작자입니다."

왜 그렇게 생각하는 거고, 라고 엔쇼가 사라질 듯한 목소리로 중얼거리자 키요타카는 입가를 끌어올렸다.

"한번 출가한 당신이 여기를 뛰쳐나온 건 저 때문이 아닙니다. 저를 구실로 삼았을 뿐입니다. 당신의 내면에서는 창작을 하고 싶어서, 그것을 누군가에게 보이고 싶어서 비명을 지르고 있었죠? 당신이 제게 싸움을 걸어온 마음 안쪽의 진심은 제게 보이고 싶었던 거죠?"

그랬을지도 모른다.

표면상으로는 '간파할 수 있을지 없을지 시험해보고 싶다'며 키요타카에게 도전을 계속하고 있었다. 하지만 실제로는 그저 보이고 싶었던 것이다.

그때는 다른 누구도 아닌 자신의 위작을 간파한 이 남자에게——.

"…………."

이렇게까지 벌거벗겨지자 화도 사라지고 힘이 빠졌다.

나는 얼마나 성가신 인간인가.

다시금 스스로 반성하고 엔쇼는 희미하게 어깨를 들썩였다.

어슬렁어슬렁 걷던 키요타카는 그럼, 하고 걸음을 멈추고 엔쇼 쪽으로 몸을 돌렸다.

"당신이 정말로 창작을 계속하느냐 그만두느냐는 전람회를 보고 결정하면 어떻습니까? 당신 자신이 망설이는 것이 지겹죠? 이 전람회는 이 이상 없는 계기가 아닐까 합니다. 그리고 만약 계속하려고 한다면……."

해가 더 기울고 하늘이 오렌지색으로 물들었다.

해에 등을 돌리고 있는 키요타카의 얼굴이 어두워져서 잘 보이지 않았다.

그런 가운데 가만히 손이 내밀어졌다.

"그때는 엔쇼, 저를 고용하지 않겠습니까?"

"고용?"

생각 못 한 제안에 엔쇼는 눈을 깜빡였다.

"방금 말한 '특기인 사람' 이야기입니다. 제가 당신의 에이전트가 되겠습니다. 보수는 성과급이면 되고요.”

사신 같은 키요타카의 검은 코트가 바람에 나부꼈다.

자신 앞에 내려앉은 것은 결코 천사가 아니었다.

그러기는커녕 사신——아니, 악마가 계약을 제안하는 것 같다.

에이전트라니, 라며 엔쇼는 웃었다.

“결국에는 내 매니저라는 거가. 그런 걸 댁이 참을 수 있겠나. 내 뒤쪽으로 빠지는 건 싫다 아이가.”

그렇게 말하자 키요타카는 코웃음을 쳤다.

“그런 건 지났습니다.”

“지나?”

“당신이 제 앞에 나타났을 때부터 당신이라는 강렬한 빛 앞에 제가 그림자가 된 것 같았습니다. 저는 애초에 앞으로 나서고 싶은 타입이 아닙니다. 누군가의 뒤쪽에 있는 편이 성격에 맞아요.”

“뭐고, 내를 이용해 큰돈을 벌 셈이가.”

“네, 그건 물론입니다. 하려면 확실하게 해야죠.”

엔쇼는 수상쩍데이, 라며 시선을 돌렸다.

정말로 이렇게 수상쩍은 녀석은 달리 없다.

하지만 이것도 생각했다.

전 세계 어디를 찾아봐도 이렇게 신뢰를 줄 수 있는 사람은 달리 없다고――.

지우 씨에게 아무것도 적히지 않은 수표를 받았을 때를 떠올렸다.

손이 떨려서 적지 못한 것을 얼버무렸다.

이 남자가 에이전트로 곁에 있었다면 터무니없는 숫자를 적었으리라.

"…………."

"그러면 가죠. 차를 주차장에 세워놨으니."

'오세요'가 아니라 '가죠'라고 마치 이미 결정된 것처럼 말했다.

검은 코트를 나부끼며 걷기 시작하는 키요타카의 모습은 정말로 악마 같았다.

"참말로 열 받는데이."

엔쇼는 그 자리에 우두커니 선 채 작게 혀를 찼다.

키요타카는 참, 하고 생각난 듯이 고개를 돌렸다.

"그 사람의 비판 말인데요, 아마 80퍼센트는 질투일 겁니다."

"우예 그걸 아는 긴데?"

"그도 화가였으니까요. 아호를 '후가'라고 했습니다."

그 이름을 듣고 아오이가 가지고 있던 그림이 머릿속을 스쳤다.

"그 남자가 후가……."

자신의 체온이 순간 올라간 것 같았다.

분노가 원동력이 된다는 말은 그야말로 이런 것이리라.

"가죠."

모든 것을 알았다는 듯한 표정으로 키요타카는 다시 한번 말했다.

"…………."

엔쇼는 마지못해 키요타카의 뒤를 걸었다.

3

뎅, 하고 현관홀의 벽시계가 큰 소리를 다섯 번 냈다.

마침내 오후 5시가 되고 말았다.

우리가 홀의 소파에 앉은 채 아무 말 없이 있는데 창 저편으로 재규어가 부지 안에 들어오는 모습이 보였다.

다 같이 힘차게 일어섰다.

그때까지 여유로운 표정을 보이고 있던 리큐가 제일 먼저 현관문을 열었다.

"오래 기다리셨습니다."

홈즈 씨는 우리를 향해 인사하고 뒷좌석 문을 열었다.

잠시 사이를 두고 차 안에서 엔쇼가 모습을 드러냈다.

겸연쩍은 얼굴로 이쪽을 향해 살짝 묵례했다.

우리는 난리법석을 떨고 싶은 것을 참고 마주 묵례했다.

유키 씨로 말하자면 안도의 표정을 띠며 이미 안쪽으로 들어갔다.

그가 우선 자신과 분리해 작품을 보게 해달라고 말했기 때문이다.

나는 유키 씨의 모습이 보이지 않게 된 것을 확인하고 문을 크게 열었다.

"엔쇼 씨, 어서 오세요."

*

부끄러워서 도망치고 싶다고 엔쇼는 오만상을 찌푸리며 생각했다.

하지만 뒤에서 이쪽을 보고 있는 키요타카의 존재가 자신의 쐐기가 되고 있었다.

반쯤 포기한 심정으로 야가시라 저택에 들어갔다.

원래는 이 집의 수집품을 보관하는 전시실 앞에는 '엔쇼 전람회'라는 입간판이 있었다.

꽤나 시크한 디자인이라서 낯이 간지러워 어깨를 으쓱거렸다.

이쪽이에요, 라고 아오이가 한 걸음 앞을 걸으며 안내했다.

방은 파티션으로 구분되어 마치 미로처럼 길이 만들어져

있었다.

입구에 들어가자 어두운 가운데 바로 이국적인 램프가 천장과 벽에 매달려 있는 모습이 눈에 들어왔다. 색은 제각각이고 아주 선명했다.

"……이건 터키 유리가?"

확신을 가지지 못하고 오도카니 중얼거리자 아오이는 "아니요"라며 고개를 저었다.

"고베 키리코라는 유리 창작자 팀의 작품이에요. 현대에도 멋진 키리코를 만들겠다는 콘셉트로 제작한 거죠."

그렇구먼, 하고 엔쇼는 고개를 끄덕였다.

터키 유리 같지만 디자인은 모두 수작업으로 깎아 형태를 만들었다. 그 예리한 섬세함이 아주 아름다웠다.

"마치 만화경 속에 들어온 것 같데이."

그렇게 말하자 아오이는 기쁜 듯이 미소 지었다.

통로를 막다른 곳까지 나아가자 마침 창가로 나왔다.

그곳에도 램프가 장식되어 있었다.

방금까지 본 것과 다른 것은 관엽 식물이 배치되어 있는 점이었다. 램프는 창문에 반사되어 아주 환상적이었다.

마치 다른 세계로 흘러들어온 듯한 기분이 들었다.

창가의 통로를 걸어가니 차광 커튼이 있었다.

들어가세요, 라며 아오이가 커튼 저편으로 가라고 손으로 가리켰다.

이곳을 지나가면 드디어 회화의 전시회장이 나오리라.

그렇게 예상하며 칸막이인 커튼을 젖히고 안으로 들어갔다.

확 트이는 시야.

새하얀 세계 속에 그림 두 장이 나란히 있었다.

아버지가 그린 〈금강계 만다라〉와 자신이 그린 〈태장계 만다라〉다.

자신의 작품인데도 눈으로 보자마자 깜짝 놀라는 기분이 들었다.

동시에 이 풍경에 기시감이 있다는 것을 깨달았다.

사각을 연상케 하는 〈금강계 만다라〉와 원의 인상을 주는 〈태장계 만다라〉.

"겐코안인가――."

네, 하고 어느새 곁에 있던 아오이가 고개를 끄덕였다.

"네모난 번뇌의 창과 동그란 득도의 창이에요."

두 창이 선명하게 머릿속에 떠올랐다.

제가 처음 겐코안을 찾은 날을 생각했어요, 라고 아오이가 얘기했다.

"사람은 아무리 깨달으려고 노력해도 역시 고민하는 생물일지도 몰라요. 고민하고 고민하다 가끔 답을 내고는 다시 고민해요. 만약 제가 어쩔 수 없이 고민한다면 다시 여기에 오고 싶어요."

원을 그리는 우주의 창을 보고 싶다며.

아오이는 거기까지 말하고 입을 다물었다.

애초에 만다라는 밀교의 세계를 눈에 보이는 형태로 나타낸 것이다.

즉 우주의 진리를 시각화한 것이라고 한다.

〈금강계 만다라〉는 대일여래의 '지혜'를 표현하고 〈태장계 만다라〉는 대일여래의 '자비' 즉 '사랑'이라고 한다.

지혜가 있기 때문에 사람은 고민하기도 하고, 사랑이라는 불확실하지만 큰 것으로 인해 구원받는다.

그렇게 생각하면 이 두 만다라는 겐코안의 창문과 통하는 것이 있으리라.

겐코안을 연상케 하는 이 전시가 고민하는 마음을 구원하는 수단이 되면 좋겠다는 아오이의 마음이 전해져왔다.

조금 분하지만 그 의도는 성공했다.

이렇게 나란히 있는 두 작품에 감동하고 있었다.

상처가 되던 비판의 말이 날아갈 정도다.

설마 내가 그린 작품에 도움을 받다니, 하고 엔쇼는 쓴웃음을 지었다.

"……고베 키리코의 램프가 만드는 이 공간이 재미있데이."

그렇게 말하자 아오이는 기쁜 듯이 얼굴을 밝혔다.

"실은 이것도 교토 시내가 힌트가 됐어요."

"교토 시내가?"

"야사카 신사에서 키요미즈데라로 향하다가 도중에 골목길을 돌면 갑자기 야사카 탑이 나타나는 곳이 있는데요."

그 장소를 아는 엔쇼는 말없이 맞장구를 쳤다.

"그곳에서 저는 압도당했거든요."

그렇구먼, 하고 엔쇼는 팔짱을 꼈다.

교토 시내를 즐기면서 걷다가 꺾어진 곳에서 갑자기 모습을 드러내는 오층탑에 깜짝 놀란다.

그렇다고 해서 거기까지 오는 길이 야사카 탑을 돋보이게 하는 역할을 맡고 있었던 것도 아니다.

교토라는 별세계에 들어가니 부처의 세계가 갑자기 보인다.

그것을 아오이는 고베 키리코와의 콜라보로 연출한 것이다.

키요미즈데라까지의 길은 거기서부터가 진짜다. 니네이자카, 산네이자카 등을 즐길 수 있다.

이 전시도 마찬가지로 만다라에서 멀어져도 작품이 사람을 즐겁게 한다.

그리고 마지막에 〈소주〉와 〈밤의 예원〉이 전시되어 있었다.

아오이는 두 그림을 앞에 두고 열띠게 숨을 내쉬었다.

그런 그녀의 모습에 엔쇼는 뿌듯한 기분이 들어서 전에는 묻지 못했던 말이 입을 뚫고 나왔다.

"댁은 무슨 그림이 좋노?"

그 질문에 아오이는 살짝 말하기 어렵다는 듯이 입을 열었다.

……둘 다 멋진데요, 라고 전제를 두고 말했다.

"굳이 따지자면 〈밤의 예원〉이에요."

아오이가 이렇게 단언한 것은 의외였다. 분명히 '둘 다 좋아요'라고 말할 줄 알았기 때문이다. 〈밤의 예원〉은 아오이를 구하기 위해 그렸다. 성에 선 시녀의 모습――실루엣밖에 없지만 그것은 아오이를 이미지한 것이다.

그 점을 아오이가 알아차린 것일까, 하고 엔쇼는 초조함과도 비슷한 생각을 하며 아오이를 봤다.

아오이는 여전히 그림으로 시선을 향하고 있었다.

"호오, 이쪽이 좋은 이유는?"

심장이 강하게 소리를 내고 있었지만 엔쇼는 평정을 가장하며 물었다.

그러자 아오이는 살짝 볼을 붉혔다.

"저 시녀의 모습이 멋있어서요."

생각지도 못한 말에 엔쇼의 입에서 "엉?" 하고 묘한 소리가 나왔다.

"멋있다는 말은 뭐고. 실루엣밖에 없는데."

"등이 곧게 펴져 있고 늠름하고 위풍당당한 느낌인데 여성답고 멋지다는 생각이 들어서요. 저는 원래 자세가 별로 좋지 않았거든요."

"그랬나?"

지금의 아오이는 자세가 아주 반듯하다.

"네. 홈즈 씨는 자세가 아주 반듯하잖아요."

"하모."

"보다보면 멋있다고 생각했어요. 그래서 나도 자세를 바르게 하고 싶다고 생각하게 돼서 의식적으로 자세를 바르게 고쳐갔어요."

처음에는 지쳐서 힘들었지만요, 하고 아오이는 웃었다.

"그랬구먼."

생각해보면 처음 그녀를 만났을 때 '왜 홈즈는 이런 걸'이라고 생각했다.

그 무렵의 아오이는 지금처럼 자세가 좋지 않았던 것 같다.

자세는 이상한 것이라서, 반듯해지는 것만으로 몸의 기능도 좋아지고 살이 빠지기도 쉬워진다고 한다. 지금의 세련된 분위기에는 자세가 좋아진 것도 관계가 있을지도 모른다.

내가 아오이의 장점이라고 생각하는 부분의 전부에 키요타카가 관련되어 있는 것을 새삼 실감하자 분한 감정이 커졌다.

하지만 다음 말에 모든 것이 사라지는 것 같았다.

"엔쇼 씨도 자세가 아주 좋으시잖아요."

"……뭐, 내는 남한테 얕보이지 않으려고 했을 뿐이데이."

등을 구부정하게 하면 우습게 보인다. 그래서 최대한 나를 크게 보이고 싶다고 생각해왔다.

그러자 아오이는 풋, 하고 웃었다.

"뭐고?"

"어쩌면 홈즈 씨도 엔쇼 씨와 같은 이유로 자세가 좋은 걸지도 모른다고 생각해서요."

"같은 이유?"

"상대를 위협하기 위한 건가 해서요. 아키히토 씨를 위압할 때는 평소 이상으로 자세를 반듯하게 한 상태로 내려다보거든요."

그 말에 그럴 법하다며 웃었다.

"그런 이유로 저는 이 그림에 아주 끌려요."

부끄러워서 있기가 불편하다. 그래도 마음이 따듯해지는 것을 느꼈다.

〈밤의 예원〉의 시녀를 가리키며 '이건 댁이데이'라고 말하고 싶어지는 기분을 억누르고 엔쇼는 아오이를 내려다봤다.

"고맙데이. 참말로 좋은 전시였다. 전람회는 댁이 원하는 대로 해도 된다."

아오이는 놀란 듯이 얼굴을 들었다.

"그러면…… 공개해도 되나요?"

너무나도 동그란 눈을 보고 엔쇼는 웃음을 터뜨릴 뻔했다.

"그러니까 마음대로 해도 된다."

부끄러워서 무뚝뚝하게 그리 말하고 엔쇼는 전시실을 나왔다.

그대로 돌아가려 했지만 발걸음을 멈출 수밖에 없었다.

"안녕."

그곳에 기쁜 듯이 미소 짓는 유키의 모습이 있었기 때문이다.

"유키……?"

왜 여기에?

그 의문은 바로 뒤를 이은 아오이의 말에 풀렸다.

"엔쇼 씨, 소개할게요. 고베 키리코의 디자이너, 사카구치 요시타카 씨예요."

"이번에 엔쇼 씨의 훌륭한 작품에 힘을 보탤 수 있어서 기쁘게 생각합니다."

유키는 굳이 '엔쇼 씨'라고 부르며 장난스럽게 웃고 머리를 숙였다.

"저는 유키 씨에게 엔쇼 씨의 작품에 '깊은 숲속'이라는 이미지가 있다는 것을 전했어요. 그랬더니 유키 씨가 저렇게 멋지게 꾸며주셨어요."

"이미지를 듣고 '만화경의 숲'을 떠올리며 만들었어요. 그렇다 해도 저는 디자인과 설치를 했을 뿐, 작품을 만든 건 동료 창작자……."

말을 마치기 전에 정신을 차리고 보니 엔쇼는 유키를 힘차게 끌어안고 있었다.

그 어리고 미덥지 못하고 자신을 내세우지 못하고 울지도 못했던 유키가 모르는 사이에 이렇게 자신의 길을 척척 나아가고 있었다.

창작을 통해 자신을 표현하고 있었다.

그 모습이 기뻐서 가슴이 견딜 수 없이 뜨거웠다.

유키는 품속에서 놀란 듯이 눈을 동그랗게 떴지만, 이윽고 순식간에 얼굴을 새빨갛게 물들이며 눈에 눈물을 글썽였다.

“신야 형, 축하해. 멋진 작가가 돼서 기뻤어. 깜짝 놀랐어.”

“그건 내가 할 말이다. 고맙데이.”

유키의 몸을 떼고 그 머리를 쓱쓱 쓰다듬었다.

“참말로 다 컸데이.”

그렇게 말하자 유키는 활짝 웃으며 살짝 아쉽다는 듯이 어깨를 으쓱거렸다.

“지금 건 그런 포옹이었구나…….”

엔쇼는 유키의 등을 툭 치고 아오이에게 인사를 한 후 그대로 현관홀로 향했다.

문은 열려 있고 그곳에 키요타카의 모습이 있었다.

그는 가슴에 손을 얹고 집사처럼 말했다.

“감사합니다. 바래다드릴까요, 선생님?”

선생님이라니, 라며 엔쇼는 웃음을 터뜨리고 미안하데이,

하고 밖으로 시선을 돌렸다.

부지 안에서는 이린이 불안하게 이쪽을 바라보고 있었다.

"바래다준다면 재규어보다 링컨이 더 좋다."

이린에게 마음이 기운 것은 아니다. 전에 나는 그녀에게 심한 말을 하고 말았다. 그 사죄는 하고 싶었다.

확실히 그러네요, 하고 키요타카는 입가를 끌어올렸다.

"당신은 틀림없이 이린에게 실례를 저질렀을 테니 사과해야겠네요."

"참말로 시끄럽데이."

여전히 꿰뚫어봐서 반사적으로 발끈했다.

"뭐, 아가씨가 먹어본 적 없을 법한 거라도 사주며 사과하려 한데이."

"그거라면 폰토초에서 모츠나베를 먹는 건 어떤가요? 요전에 오랜만에 먹었는데, 맛있었습니다."

확실히 아가씨가 먹을 이미지는 아니다.

"고맙데이, 후보에 넣겠데이."

엔쇼는 그대로 계단을 내려갔다.

등에 키요타카뿐만 아니라 아오이와 유키의 시선도 느껴졌다.

누그러드는 볼을 보이지 않게 조심하며 엔쇼는 몸을 돌리지 않고 이린에게 향했다.

4

그리고 다음 날, 12월 21일.

엔쇼의 전람회는 그랜드 오픈을 하게 되었다.

이미 많은 화환이 도착해서 현관홀은 꽃으로 북적거리는 상태다.

입장료는 일반적인 미술관의 평균 액수보다 살짝 비싸다.

이것은 엔쇼라는 화가의 재능을 싸게 팔고 싶지 않다는 홈즈 씨의 의견에 따라 정한 것이다.

그때까지 개최될지 되지 않을지 알 수 없는 상태였기 때문에 일단 사전에 선전을 하지 못했지만, 개최하니 야가시라가의 관계자는 물론 교토대를 비롯한 학생들의 초대도 있어서 많은 사람이 찾았다.

지우 지페이가 주목하고 있는 화가인 점, 셜리 배리모어의 특대생이 처음 단독으로 준비한 전람회라는 화제도 거들어서 해외 미술 관계자의 방문도 적지 않았다.

일단 확인해보겠다는 듯이 보러 온 사람들은 압도적인 작품의 힘 앞에 아무 말 없이 야가시라 저택을 뒤로했다. 그리고 많은 사람이 지인을 데리고 다시 찾았다.

고베 키리코의 작품도 화제가 되어 즉시 주문이 들어왔다고 한다.

쿠라는 점장님에게 부탁했고 나와 홈즈 씨는 야가시라 저택에 틀어박혀서 접수와 작품의 소개에 힘썼다.

한편 주역인 엔쇼로 말하자면, 여전히 코마츠 탐정 사무소에 있다.

하지만 하숙생으로서 있는 것이 아니다. 그는 전과 마찬가지로 사무소의 직원으로 돌아가고 싶다고 코마츠 씨에게 말했다고 한다. 아무 일도 하지 않는 것은 성격에 맞지 않는지 사무소의 조수를 하는 정도가 딱 좋은 듯했다.

그리고 프레 오픈으로부터 나흘 뒤인 12월 23일.

그날 홈즈 씨는 오후부터 코마츠 탐정 사무소에 가 있었다.

사다 씨와 토모카 씨에게 받은 의뢰의 결과를 전달하기 위해서다.

*

코마츠 탐정 사무소에는 사다 유타카와 타도코로 히로키의 모습이 있었다. 아사이 토모카의 모습은 없다.

두 사람은 떨떠름한 기색으로 응접용 소파에 나란히 앉아 있었다.

그 맞은편에는 키요타카가 앉아 있다. 더욱이 소장 책상에는 코마츠, 자신의 책상에 엔쇼가 앉아 있는 평소의 배치였다.

사다는 저기, 하고 이상하다는 듯이 키요타카를 보며 나서서 말했다.

"조사 결과 이유를 알았다고 하셨는데, 어째서 저만 부르신 건가요?"

그에게는 사전에 약혼자인 아사이 토모카와 함께가 아니라 혼자 오라고 전했다.

키요타카는 싱긋 미소 짓고 입을 열었다.

"당신의 출생에 관련된 말씀이어서 일단 당신만 불러야겠다고 생각했습니다."

"그러면 이 사람은 누구인가요?"

사다는 힐끗 히로키를 곁눈질했다.

히로키로 말하자면 그건 이쪽이 할 말이라는 듯이 기분 나쁜 표정으로 시선을 돌렸다.

히로키는 반쯤 협박해서 여기로 불렀다.

"그는 아츠코 씨의 아들인 히로키 씨이고 이번 의뢰에 관련된 사람입니다."

네에, 하고 사다는 얼빠진 목소리를 내고 히로키를 향해 묵례를 했다.

"아츠코 씨의 아드님이셨군요. 안녕하세요, 저는 키타구에서 이탈리안 레스토랑의 셰프 겸 오너를 맡고 있는 사다 유타카라고 합니다."

거기에 대해 히로키는 안녕하세요, 라고만 대답했다.

"사다 씨, 항상 몸에 지니고 다닌다고 하셨던 부적을 보여 주시겠습니까?"

"아, 네."

사다는 당황한 기색으로 주머니에서 염낭을 꺼냈다.

안에 들어 있는 수정 팔찌를 꺼내 테이블 위에 놓았다. 그 팔찌는 구슬 하나만 곡옥의 형태를 하고 있었다.

그것을 보자마자 히로키는 눈을 크게 떴다.

"히로키 씨, 당신도 똑같은 것을 가지고 있거나 혹은 가지고 있지 않으셨나요?"

히로키는 망설이며 작게 고개를 끄덕였다.

"아, 그래……. 뭐. 어릴 때 가지고 있으라고 했어."

"가지고 있으라고 했다면 당신도 늘 몸에 지니고 있으라는 말을 들었다는 거군요."

그래, 라고 히로키는 퉁명스럽게 대답했다.

"그러면 지금도 가지고 계십니까?"

"아니, 어느새 끊어졌어."

"그걸 아츠코 씨에게 알렸습니까?"

"어릴 때는 혼나는 게 무서워서 말 못 했고, 고등학생이 돼서 그런 건 진즉에 없다고 했지."

그렇군요, 라며 고개를 끄덕인 키요타카를 앞에 두고 사다는 고개를 갸웃거렸다.

"이 부적이 어떻다는 건가요?"

그 전에, 하고 키요타카는 손을 내밀었다.

"우선 이것을 봐주십시오."

키요타카는 그렇게 말하고 태블릿을 조작해 테이블 위에 놓았다.

"그의 이름은 사토 코지. 고베의 실업가입니다."

화면에는 80대로 보이는 남성의 모습이 비치고 있었다.

사다와 히로키는 처음 본 듯이 이 노인이 왜? 라는 표정이다.

"그는 당신들의 아버지입니다."

생각도 못 했을 것이다. 두 사람은 허를 찔린 듯이 눈을 크게 떴다.

키요타카는 그대로 계속 말했다.

"사토 코지는 결혼을 세 번 했습니다. 두 번째 아내가 히로키 씨의 어머니인 아츠코 씨이고, 세 번째 아내가 사다 씨의 어머님입니다."

두 사람 중 누군가가 침을 꿀꺽 삼켰다.

사다는 당황한 표정으로 입에 손을 댔다.

"그러면 아츠코 씨과 저와 토모카 씨의 결혼을 반대한 이유는 저와 아츠코 씨의 아들이 이복형제였기 때문인 건가요……?"

거의 혼잣말 같았다. 말하면서도 그렇다고 해도 왜 반대하는 거지, 라며 납득이 가지 않는 듯이 고개를 갸웃거리고 있었다.

엔쇼도 같은 생각을 했는지 얼굴을 찌푸리며 입을 열었다.

"거기 도련님과 사다 씨가 이복형제라 해도 왜 그 아지매가 결혼을 반대하는 거고? 상관없다 아이가."

사다도 동감이라는 듯이 고개를 세로로 흔들었다.

"딸처럼 귀여워하는 토모카 씨를 생각했기 때문이겠죠."

어째서인가요? 라며 사다 씨가 입을 열었다.

"토모카 씨를 딸처럼 생각한다면, 저는 아츠코 씨와 피가 이어지지지 않았습니다만 아들의 동생이 됩니다. 그 인연을 기쁘게 생각해도 되지 않습니까?"

"……저주 받았기 때문이야, 우리 아버지가."

사다의 옆에서 히로키가 자조적으로 웃었다.

어? 하고 사다는 히로키 쪽으로 얼굴을 돌렸다.

"저주를 받아요?"

사다가 물어도 히로키는 대답하고 싶지 않은지 얼굴을 돌렸다.

"히로키 씨는 알고 계셨군요."

키요타카가 조용히 중얼거리자 히로키는 가만히 입을 열었다.

"고등학교 때…… 부적이 이제 없다고 말했을 때 엄마가 너무 충격을 받아서 추궁했더니 대답해줬어."

무슨 소리인가요? 라며 사다는 미간을 찌푸렸다.

"조사하신 거죠? 가르쳐주세요."

그러네요, 하고 키요타카가 히로키 쪽으로 시선을 돌리고 무릎 위에서 손을 깍지 꼈다.

"저희 소장님이 당신들의 아버지 사토 코지 씨에 대해 자세히 조사했습니다. 사토라는 흔한 성은 2차 대전 후 개명한 것입니다. 원래 성은 달랐던 것 같습니다."

사다는 말없이 듣고 있었다.

"원래 그 가문은 주술을 사용해 번영해왔다고 합니다. 그것은 이누가미(犬神)처럼 동물을 잔혹한 방법으로 죽여 그 원한으로 부를 얻는 고독의 일종입니다. 이누가미와 마찬가지로 헤이안 시대에는 금지된 무시무시한 금기의 술법이었습니다."

히로키는 이미 알던 사실인 듯이 괴로운 표정이었다.

"사토 코지 씨에게 시집온 세 아내는 모두 출산 뒤 도망치듯이 집을 나왔습니다. 아마 그 사실을 알고 도망친 거겠죠."

하지만, 하고 사다가 얼굴을 찌푸렸다.

"왜 자식을 낳기 전에 이혼하지 않은 건가요?"

그러자 그 옆에서 히로키가 괴로운 표정을 지으며 대답했다.

"자식을 낳을 때까지 몰랐던 거야. 태어난 아이가 세 살이 되면 믿고 있는 불길한 신에게 보이는 의식이 있다고 하고, 그 때까지 숨기고 있던 제단을 드러내 '우리가 번영해온 건 이 신 덕분이다. 앞으로도 풍족하게 살고 싶다면 고분고분하게 따라라' 라고 지시를 했다고 해. 깜짝 놀란 어머니는 나를 데리고 도망치듯이 집을 나왔어."

상상도 하지 못했던 일인지 사다는 입을 다물었다.

"사다 씨, 당신이 몸에 지니고 있는 부적은 켄미 신사의 것이라고 합니다."

사다는 가만히 수정 팔찌를 들었다.

"켄미 신사?"

"도쿠시마현에 있는 신사입니다. 오곡 풍요와 해상 안전의 수호신이자 옛날부터 이누가미 빙의, 여우 빙의와 같은 저주를 물리치는 힘이 으뜸인 신사로 유명하다고 합니다. 제 지인인 전문가에게 보이자 그 부적은 특별한 기도가 깃든 것이 틀림없다는 말을 했습니다."

사다는 입을 다문 채 수정 팔찌로 시선을 떨어뜨렸다. 히로키는 어금니를 깨물면서 분하다는 듯이 말했다.

"그건 엄마가 조사한 거야."

어? 하고 사다가 히로키를 봤다.

"엄마는 교토로 돌아오고 나서 유명한 신사의 신주에게 상담하러 갔어. 그랬더니 도쿠시마의 켄미 신사에서 기도를 받고 그 부적을 지니라는 조언을 해줬다고 해. 우리 엄마는 참견쟁이니까 세 번째 아내가 이혼했다는 걸 알고 아마 가르쳐줬을 거야."

"아츠코 씨가 내 어머니한테……."

사다는 손 안의 부적을 빤히 바라봤다.

"그래서 이걸 보고 내가 사다 케이코의 아들이라는 걸 알았다. 토모카 씨와의 결혼을 반대한 건 내가 불길한 피를 이었으니까……."

히로키가 아아, 그래, 라고 대답하고 힘차게 일어섰다.

"우리한테는 불길한 피가 흐르고 있어. 저주 받았다고!"

게다가, 하고 히로키는 말을 이었다.

"우리 엄마는 그 집을 뛰쳐나온 후 일부러 이 기온으로 돌아왔어. 첩의 자식이라 집으로 온 거야. 대외적으로 미망인인 것으로 했지만 모두 거짓말이란 걸 알고 있었어. 그런 여자가 기온 같은 폐쇄적인 곳에서 살아온 거야. 그게 어떤 건지 알아? 늘 가시방석이야. 겉으로는 웃으면서 뒤에서는 항상 험담을 했어. 내가 지금까지 어떤 생각을 하며 살아왔는지…… 나는 계속 불행했다고!"

단숨에 쏟아낸 히로키를 앞에 두고 엔쇼가 킥킥 대며 어깨를 떨었다.

"뭐, 뭐가 웃겨!"

"웃기다 아이가. 뭐, 모두 개인의 감정이니 자유지만, 내 입장에서 보면 그런 거 어디가 불행한지 잘 모르겠다."

뭐어? 하고 히로키는 눈을 부릅떴다.

"댁의 어머니는 가시방석에 앉을 걸 알면서도 자신이 살아가기 위한 곳은 여기밖에 없으니 돌아온 거제? 그건 전부 댁을 기르기 위해서다. 애초에 기온이 와서 겉으로는 웃지만 뒤로는 험담을 했다, 그런 건 딱히 상관없다. 겉으로는 좋게 대해준다면 뒤에서는 무슨 짓을 하든 신경 안 쓰는 게 어떻노."

거기에는 이론이 있는지 히로키는 발끈하며 입을 열었다.

"너는 기온의 음습함을 모르는 거냐?! 겉만 좋고 속은 새까맣다고!"

"그건 잘 알고 있다."

엔쇼는 그렇게 말하고 키요타카에게 시선을 보냈다. 키요타카는 가만히 어깨를 으쓱거렸다.

"내는 원래 교토 사람을 싫어하지만, 생각해보면 대놓고 듣는 것보다 훨씬 낫다."

"뭐어? 진심으로 하는 소리야?"

"……댁은 어릴 때 어른한테 직접 '거슬린다' '사라져'라는 소리 들은 적 없제? 자주 '뒤에서 중얼대지 말고 앞으로 나와서 말해'라고 하는 녀석이 있었다. 그 마음은 알지만 그건 어차피 어른끼리 하는 얘기데이. 어른도 직접 뼈아픈 얘기를 들으면 마음이 꺾일 때도 있다. 그걸 생각하면 어린애한테 어른이 대놓고 말하는 건 뒤에서 험담하는 것과는 비교가 안 된데이. 기온의 폐쇄적인 면은 귀엽다."

무엇보다, 하고 엔쇼는 이야기를 계속했다.

"댁의 어머니는 댁을 버리지 않았다. 불길하고 저주받은 애를 말이다."

그 무게 있는 말은 엔쇼의 사정을 모르는 히로키에게도 전해진 듯했다.

"화, 확실히 우리 엄마는 나를 버리지 않았지만 후회는 하고 있어. 나는 저주 받은 가문의 피를 이었으니까……."

동요 때문인지 히로키는 횡설수설했다.

키요타카는 그것을 가로막고 아니요, 라며 고개를 저었다.

"히로키 씨, 당신에게 아버지 가문의 피는 계승되지 않았습니다. 물론 사다 씨도 마찬가지입니다. 안심하세요."

어? 하고 두 사람의 목소리가 겹쳤다.

"어떻게 아시나요?"

사다가 앞으로 나서며 물었다.

"그 저주는 '집'에 들리는 것이라 피는 상관없습니다. 애초에 유전이 아닙니다. 예를 들어 연을 끊은 피를 나눈 아들과 가문을 잇는 피를 나누지 않은 양자가 있다면 양자 쪽이 저주를 잇습니다. 당신들은 집을 나와 성까지 바꾸고 연을 끊었으니까요."

그리고, 하고 키요타카는 사다의 손 안에 있는 수정 팔찌로 시선을 향했다.

"두 분 모두 자연히 팔찌가 끊어졌다——사다 씨는 우연히 모두 주워서 지금도 이렇게 있습니다만——제 지인인 음양사의 이야기로는 이런 부적 팔찌가 자연히 끊어지는 것은 '역할을 다했다'는 의미를 가진다고 합니다. 만약 무언가가, 예를 들어 아버지의 미련 같은 것이 남아 있었다 해도 그것들은 모두 부적이 대신한 거겠죠."

사다는 손 안의 부적을 움켜쥐었다. 키요타카는 이야기를 계속했다.

"저주가 있다고 하면 자기 자신에게 건 것. 사다 씨와 히로키 씨, 같은 가문의 피를 이었지만 지금까지의 삶이 이렇게나 다른 것은 사다 씨는 자신을 긍정하며 살아오셨기 때문이고, 히로키 씨는 나는 어차피 저주받았다고 생각하며 살아왔기 때문이겠죠. 저주는 자신이 자신에게 거는 것입니다."

짚이는 데가 있는지 히로키의 몸이 부르르 떨렸다.

"그러면 엄마가 그 애는 내 업보라고 한 건……."

"어쩌면 아츠코 씨도 당신처럼 저주는 유전된다고 생각했던 걸지도 모르겠네요. 엔쇼도 말했습니다만, 그런데도 당신을 버리지 않았습니다. 업보는 당신 자신보다 결혼 상대를 제대로 조사하지 않고 부주의하게 받아들인 자신에 대한 훈계라고 느끼고 있을지도 모릅니다."

히로키는 입을 다물고 아랫입술을 깨물며 고개를 숙였다.

"안심하세요. 저주의 오해에 대해서는 제가 아츠코 씨에게 이야기하겠습니다."

그렇게 말한 키요타카에게 히로키는 아니라며 고개를 저었다.

"……말 안 해도 돼."

그 말에는 힘이 있었다. 끝까지 듣지 않아도 '이 이상 신세는 지지 않는다'고 생각하는 것이 전해져왔다.

즉 그것은 '저주는 상관없었다'며 어머니의 생각을 이제부터 바꿔 보이겠다는 기개이리라.

키요타카와 코마츠는 얼굴을 마주 보고 미소 지었고, 엔쇼는 어쩔 수 없다는 기색으로 어깨를 으쓱거렸다.

돌아갈 때 사다는 기쁜 얼굴로 히로키에게 말을 걸었다.

"정말 놀랐지만 제게 형이 있다는 걸 알아서 기뻐요. 저기, 혹시 괜찮다면 앞으로도 잘 부탁드립니다."

그러자 히로키가 조심스레 물었다.

"키타구에서 이탈리안 레스토랑의 셰프 겸 오너를 하고 있다고……?"

"아, 네. 작은 가게지만 다음에 꼭 드시러 오세요, 형."

형이라는 말을 듣고 히로키는 부끄러운 듯이 시선을 돌리며 애매하게 고개를 끄덕였다.

"……나도 전에 기온에서 프랑스 레스토랑을 한 적이 있지만 실패했어. 뭐, 내가 셰프였던 건 아니지만."

"기온에 가게를 내다니, 힘들 것 같네요."

그런 이야기를 나누면서 사다와 히로키는 사무소를 나갔다.

그 후 사다는 약혼자인 토모카에게 '아츠코 씨가 우리 결혼을 반대했던 건 히로키 씨와 이복형제였던 것을 알고 동요했기 때문인 것 같아요'라고 전했다고 한다.

저주에 대한 이야기는 굳이 하지 않았던 것 같다.

그거면 됐다고 코마츠는 생각했다.

저주는 사람의 마음이 만들어내는 것이니까——.

——이렇게 코마츠 탐정 사무소에 온 기묘한 의뢰는 무사히 해결됐다.

코마츠는 두 사람의 모습이 보이지 않게 된 후 오도카니 중얼거렸다.

"왠지 좋은 만남이 된 것 같네. 다행이야."

"아저씨, 지금까지 가만히 있다 겨우 입을 여나 싶더니 그거가. 참말로 얼이 빠졌데이."

"얼이 빠지다니!"

키요타카로 말하자면 아무 대답도 하지 않고 입가를 끌어올리고 있었다.

“형씨도 웃지 마.”

“아니요, 웃은 이유는 얼이 빠졌다는 말 때문이 아닙니다. 생각났습니다. 코마츠 씨는 저번에 저희 가게 선반에 장식되어 있는 카메오 유리병을 보고 아츠코 씨 같다고 했죠?”

갑자기 그런 이야기가 나와서 코마츠는 멍하니 그래, 라고 대답했다.

“쿠라에 장식돼 있던 그 적자색 비드로 같은 병 말이로군.”

“다시금 좋은 말씀을 하셨다는 생각이 들어서요.”

뭐? 하고 코마츠는 눈을 크게 떴다.

“카메오 유리는 유리의 여러 층으로 이루어져 있고, 부분적으로 유리의 층을 제거하거나 깎아서 색의 농담이나 문양을 부각시켜갑니다. 정말로 마치 아츠코 씨가 같다는 생각이 들어서요.”

그렇군, 하고 코마츠는 팔짱을 꼈다.

그녀의 마음도 카메오 유리처럼 여러 겹으로 층을 거듭해서 진짜 마음은 안쪽에 숨겨져 있었다.

“우리는 유리의 층을 제거해 아츠코 씨의 ‘마음’이라는 문양을 확연하게 드러낸 거로군.”

“네. 그 문양은 역시 토모카 씨에 대한 순수한 마음이었던 것 같아서 다행입니다."

키요타카의 말에 코마츠의 가슴이 뜨거워지고 있는데 우리라니, 라며 엔쇼는 다시 웃었다.

"아저씨, 이번에는 활약도 못 했다 아이가."

"아까부터 너무하네."

"아니요, 코마츠 씨의 조사가 있었기 때문에 가능했습니다."

"어느 쪽이든 상관없어. 아무튼 의뢰는 완료야."

코마츠는 그렇게 말하며 손을 들고 컴퓨터 모니터로 시선을 향했다.

"…………."

하지만 코마츠의 마음속에 걸리는 부분이 있었다.

――이번 조사로 그들의 아버지 사토 코지가 뒤에서 위작 판매에 관련되어 있다는 의혹이 있는 것을 알았기 때문이다.

그 사토 코지에게 위작을 넘기고 있던 것이 히라마사 요스케와 후타라는 형제.

형인 요스케는 겉으로는 실업가이고, 동생인 후타는 형을 돕고 있다.

그들의 사진을 보고 코마츠는 놀랐다.

동생인 후타는 이 사무소를 찾아와 엔쇼에게 가차 없는 말을 날린 남자였기 때문이다.

기묘한 인연에 왠지 두려워졌다.

사실이라면 당장이라도 키요타카에게 보고해야 할지도 모르지만 여러 가지 일이 해결된 지금 입에 담고 싶지는 않았다.

코마츠가 입을 다물고 있자 키요타카가 왜 그러세요? 하고 물었다.

여전히 날카로운 남자라고 생각하며 코마츠는 머리를 긁적였다.

"아, 아냐. 저 녀석들의 아버지도 보통내기가 아닌 사람인 것 같아서."

그러네요, 하고 키요타카는 고개를 끄덕였다.

"뭐, 이제 끝났으니까 상관없지만."

코마츠는 마우스를 클릭해 화면을 닫았다.

"그러고 보니 이제 곧 크리스마스로군."

일부러 화제를 바꾸자 키요타카는 생각났다는 듯이 손뼉을 쳤다.

"두 분에게 이걸 드리죠."

키요타카는 가방에서 봉투를 꺼내 엔쇼와 코마츠의 책상에 놓았다.

뭐지? 하고 두 사람이 시선을 떨어뜨려 확인하니 그곳에는 '초대장'이라고 적혀 있었다.

"뭐고, 또 초대장이가."

"이번 전람회는 섣달그믐날 오후 5시까지 개최할 예정인데

꽤 성황이여서요. 아무래도 이익을 낼 것 같습니다. 그래서 크리스마스이브 밤에 전람회의 성공을 축하해 파티를 하려고 합니다. 엔쇼는 주역이니까 꼭 오세요. 이번 전람회에 협력해 주신 분들도 오실 예정입니다."

오오! 하고 코마츠는 눈을 빛냈다.

"대단하잖아, 엔쇼."

하지만 엔쇼는 어깨를 으쓱거리고 손으로 턱을 괴었다.

"나한테 어울리지 않으니 사양하겠데이."

"그렇게 말하지 말고요. 이번 전람회의 가장 큰 출자자가 누구라고 생각하나요?"

그 질문을 받고 엔쇼는 눈살을 찌푸리며 입을 열었다.

"어차피 상하이의 그 부호겠제?"

땡, 하고 키요타카는 검지를 세우며 고개를 저었다.

"땡이라니, 갑자기 어린애 같이 뭐고."

"이번은 거의 수제에 가까운 소규모 전람회라서 지우 씨에게는 부탁하지 않았습니다. 파티에는 초대하고 싶었지만요."

"그라믄 누구고? 오카자키의 부호가?"

"야나기하라 선생님입니다."

어? 하고 엔쇼는 놀란 듯이 얼굴을 들었다.

"야나기하라 선생님이 당신의 작품을 앞에 두고 울음을 터뜨리셔서 큰일이었답니다. 보여주고 싶었어요."

엔쇼는 "……그런 건 됐다"라는 말만 하고 얼굴을 돌렸다.

무뚝뚝한 말이지만 거기에서 엔쇼의 기쁨이 전해져 와서 코마츠는 얼굴을 누그러뜨렸다.

에필로그

그 뒤에는 초대 손님만 관람하며 이 전람회의 성공을 축하하는 파티가 열렸다.

회장은 과거 오너의 생일, 섣달그믐날의 파티, 그리고 내 생일 등 수많은 이벤트를 연 야가시라 저택의 1층 홀이다. 지금까지 열린 파티처럼 요리는 입식 형식이고 모인 관계자는 제각기 즐겁게 지내고 있었다.

홈즈 씨는 오너, 요시에 씨와 함께 야나기하라 선생님과 이린, 지우 지페이, 타카미야 씨처럼 이번 전람회에 기탁과 출자를 해준 관계자와 이야기를 나누고 있었다.

점장님과 우에다 씨는 미에코 씨를 비롯한 쿠라의 단골손님들과 담소하고 있었다.

나는 이곳저곳에 얼굴을 비추며 인사했다.

이쪽에 있는 것은 카오리와 하루히코 씨가 이끄는 교토더의 멤버. 아키히토 씨와 리큐, 그리고 뉴욕에서 막 귀국한 하루카다.

"와, 대단했어. 엔쇼의 작품. 나 진짜 다시 봤다고."

내 옆에서 아키히토 씨가 열띠게 말했다. 그는 오늘 밤 라디오 스케줄이 있지만 시간이 허락하는 한 참가하고 싶다며 여기에 있었다.

리큐도 고개를 연신 끄덕였다.

"그렇게 말하면 지금까지 잘못 본 것 같지만 뭐, 확실히 그래."

그 옆에서 하루카가 "리큐도 참" 하고 어깨를 으쓱거렸다.

뉴욕에서 만났을 때도 머리가 짧았던 그녀지만 지금은 머리를 더 산뜻하게 아주 짧게 잘랐다. 듣자하니 그녀는 사실 짧은 쪽을 좋아했지만 리큐는 분명 여자다운 쪽이 취향일 것이라고 지레짐작해 열심히 기르고 있었다. 하지만 자신에게 어울리지 않는 것 같아서 리큐에게 '머리를 기른 게 더 낫지?'라고 물었더니 '어느 쪽이든 딱히 상관없어. 하루카는 하루카니까'라는 말을 듣고 확 자르기로 정했다고 한다.

자신이 좋아하는 머리 스타일을 한 덕분인지 이전보다 세련되어 보였다.

그런 그녀는 "아오이 씨" 하고 나를 향해 몸을 내밀었다.

"멋진 전람회여서 감동했어요. 뉴욕 때도 그랬지만, 아오이 씨가 준비한 공간은 꿈이 있어서 정말 좋아해요."

무조건적인 칭찬을 받자 기쁘고 낯간지러웠다.

고마워, 하고 나는 볼이 달아오르는 것을 느끼며 부끄러워했다.

"이봐, 그건 그렇고 엔쇼는 어디 있어?"

아키히토 씨는 고개를 뻗어 홀을 둘러보았다.

홀은 수많은 사람으로 북적이고 있지만 엔쇼의 모습은 보이지 않았다.

나는 가만히 어깨를 으쓱거렸다.

“안 왔어요. 그런 건 자기답지 않다고 했대요.”

뭐어? 하고 아키히토 씨는 눈을 깜빡였다.

“아니, 그 녀석이 주역이잖아?”

뭐 그렇지, 하고 리큐가 쓴웃음을 지었다.

“그래서 그런 거 아냐? 그 사람은 그래 보여도 부끄러움을 많이 타니까.”

“그런 게 말이 돼? 나는 내가 주역인 파티라면 무슨 일이 있어도 달려올 거야.”

“아키히토 씨라면 그럴 거 같아.”

“그건 그렇고 이 이브에 그 녀석은 어딜 간 거지?”

아키히토 씨의 말에 나는 눈을 내리 떴다.

억지로 참가하기를 바라지는 않았다.

그래도 이 크리스마스이브에 혼자 지내고 있다고 생각하자 쓸쓸한 기분이 들었다.

그는 정말 오지 않는 걸까?

회장을 둘러보고 유키 씨의 모습도 보이지 않는다는 것을 알아차렸다.

처음에 인사를 했을 때는 교토 키리코의 멤버가 모두 모여 있었을 테다.

"아오이 씨, 누구를 찾고 있었나요?"

고개를 두리번거리고 있자 홈즈 씨가 말을 걸었다.

"유키 씨는 어디를 갔나 해서요."

아아, 하고 홈즈 씨는 창밖으로 시선을 보냈다.

눈이 조금씩 내리기 시작하고 있었다. 그것을 알아차린 초대 손님들은 와아, 하고 기뻐하며 창가로 향했다.

"유키 씨는 엔쇼가 오지 않는 것을 알고 '신야 형이 어디 있는지 아세요?'라고 제게 물었어요. 오늘 엔쇼가 있을 만한 장소라면 짚이는 곳이 있어서 그것을 유키 씨에게 전하자 쏜살같이 나갔어요."

"그럼 엔쇼 씨를 찾으러 간 거네요. 그래서 그가 있을 만한 곳은 어디인가요?"

"묘지예요."

네? 하고 나는 조금 놀랐다.

"이건 코마츠 씨가 엔쇼에게 우연히 들은 이야기인데요, 그의 아버지가 죽었을 때 전혀 여유가 없어서 효고현의 공동묘지에 매장했다고 해요. 그것을 엔쇼는 한스럽게 여기고 있는 것 같아요. 그래서 아버지가 평생 놓지 않았던 유물인 그림붓을 태우고 그 재를 엔쇼가 생각하는 이상적인 묘지에 뿌렸다고 해요. 그곳을 아버지의 무덤이라고 생각하고 있다고 엔쇼는 말했다고 하네요."

"그렇다면 그 묘지는."

과거에 엔쇼는 홈즈 씨를 그 절의 묘지로 불러냈다.

그것은 그의 아틀리에 근처에 있었기 때문이라고 생각했다.

하지만 그게 아니라 아버지의 묘지로 삼은 장소 근처에 그는 아틀리에를 차린 것이었다.

그 장소는――아다시노넨부츠데라다.

그 절은 그에게 특별한 장소였던 것이다.

"그러면 아다시노의 묘지에……."

"그럴 거예요."

"그곳으로 유키 씨가 간 거군요."

아무것도 걱정할 일은 없었다.

나는 안도하고 가슴에 손을 얹었다.

근처에서는 아키히토 씨가 리큐에게 손을 내밀고 있었다.

"그건 그렇고, 리큐. 쿠라의 개점 백 년인지 백 년을 넘은 기념인지 해서 만든 노트, 나한테도 줘. 아직 못 받았어."

생각났다는 듯이 말하는 아키히토 씨에게 리큐는 "그랬지" 하고 고개를 끄덕였다.

쿠라가 개점 백 년을 맞이한 것을 기념한 노트의 제작은 리큐가 맡았다.

링노트로 검은 바탕에 금색 장식틀, 금색 글자, 링도 금색으로 시크하지만 어딘가 멋진 디자인은 리큐 왈 '키요 형을 이미지해서 만들었다'고 한다. 표지에는 'antique shop Kura Holmes at Kyoto Teramachi Sanjo'라는 글자.

왜 '홈즈'라는 이름이 들어 있는가 하면.

이 노트는 우에다 씨가 관련된 인쇄 회사에서 만들었는데, 리큐는 제작을 부탁할 때 '쿠라의 개점 백 년 무렵에는 키요 형이라는 대단한 사람이 있었던 것을 표현하고 싶다'며 우에다 씨에게 열변을 토했다고 한다.

그러자 우에다 씨가 '그거 홈즈라는 별명을 가진 젊은이가 있었다는 거제? 그걸 쓰면 어떻노'라고 대답하자 리큐는 순순히 그것도 그렇다고 생각했다고 한다.

당사자인 홈즈 씨로 말하자면, 완성된 노트를 보고 '홈즈인가요……'라며 고개를 푹 숙였지만…….

지금도 노트 이야기를 듣고 쓴웃음을 짓고 있었다.

그때 회장에 와, 하고 환성이 일어났다.

"혹시 엔쇼가 왔나?"

아키히토 씨를 비롯한 사람들이 목소리가 나는 쪽으로 시선을 향했다.

하지만 엔쇼가 아니었다.

그곳에 있었던 것은 셜리 배리모어와 후지와라 케이코 씨였다.

"셜리, 케이코 씨!"

두 사람에게 초대장을 보내기는 했지만 설마 정말 와줄 줄은 몰라서 나는 놀라며 달려갔다.

"보러 왔어, 당신의 전시. 꽤 좋았어."

셜리는 일본어로 그렇게 말하고 하얀 이를 보였다. 과거에 일본인 큐레이터와 교제했기 때문에 셜리는 일본어로 말할 수 있다. 발음은 외국인 그 자체이지만.

감사합니다, 하고 나는 인사했다.

하지만, 하고 셜리는 이어 말했다.

"어디까지나 특대생 수준이야. 프로의 업무로 평가한 경우에는 칭찬할 정도가 아니야. 조잡하고 독선적이야. 작품의 도움을 받는 부분이 많아. 하지만 당신이 엔쇼라는 창작자의 작품을 어떻게 봐주기를 바라는지, 그 생각은 직접적으로 전해져왔어."

셜리의 말에 내가 고개를 끄덕이자 케이코 씨가 귓속말을 했다.

"아오이 씨, 셜리는 말은 이렇게 하지만 '특대생 수준'이라는 건 칭찬하는 말이야. 마음에 들지 않았으면 '저런 건 내 특대생이라고 할 수 없어'라고 할 테니까."

이야기가 들렸는지 셜리는 겸연쩍은 듯이 시선을 돌렸다.

"그리고 아오이 씨, 셜리는 말이지 분했대."

네? 하고 나는 되물었다.

"당신들이 뉴욕에 왔을 때 셜리는 이래저래 바빠서 특대생을 만들었으면서도 거의 방치했잖아? 그래서 다시금 제대로 가르쳐보고 싶다고 생각했다고 해. 하지만 당신에게는 거절당해서 스승으로서의 장점을 전하지 못한 채 차였거든."

그럴 리가요, 하고 나는 어깨를 으쓱거렸다.

셜리는 나를 보고 가만히 미소 지었다.

"내게 오는 걸 다시 생각해보지 않겠어?"

전에 케이코 씨에게 셜리가 나를 아직 어시스턴트로 생각하고 있다는 이야기를 들었을 때 내 마음은 다시 조금 흔들렸다.

하지만 이번에 여러 사건을 겪고 다시금 생각했다.

나는 홈즈 씨와 같이 있음으로써 커다란 긍정을 얻을 수 있다.

그리고 그가 지원해주고 있다는 안심감으로 내가 가진 이상의 힘을 낼 수 있다.

무엇보다 커다란 이유는 아주 간단하다. 그가 좋으니까 그의 곁에 있고 싶다, 떨어지고 싶지 않다고 생각하고 있다.

이것은 미츠오카 씨 소동으로 통감했는데, '진실한 유대가 있으면 떨어져 있어도 괜찮다', '그는 절대로 마음이 바뀌지 않는다'라고 생각할 만큼 나는 자신이 있지 않았다.

나는 이미 그런 내 솔직한 마음을 케이코 씨에게 메일로 전했다.

셜리에게는 전하지 않았나 싶어서 케이코 씨에게 시선을 보냈다. 그러자 그녀는 변명하듯이 말했다.

"아아, 아오이 씨의 마음은 제대로 셜리에게 전했어. 그랬더니 셜리가 직접 이야기하겠다며 씩씩대서 이렇게 일본으로 찾아온 거야."

케이코의 말대로라며 셜리가 한 걸음 앞으로 나섰다.

"나는 당신에게 아무것도 가르치지 못했어. 그러니까 아멜리와 클로에에게도 같은 말을 했어. 두 사람 다 흔쾌히 오겠다고 말해줬어. 하지만 당신만은 달랐어. 나로서는 바라던 전개가 아니었어. 나에 대해 모르는 채 거절당하고 싶지 않았어. 그리고 마음 어딘가에서 사랑에 얽매이면 안 된다는 마음도 솔직히 있었고……."

하지만, 하고 셜리는 먼 곳을 응시했다.

"당신의 전시를 보고 그 말은 들어갔어. 당신은 야가시라 키요타카라는 스승의 밑에서 자랐기 때문에 재능을 성장시킬 수 있었다는 게 전해져왔어. 당신의 전시는 아주 자유로웠으니까."

이어서 케이코 씨가 말했다.

"셜리는 최근 약점을 극복하기보다 특기를 성장시키라고 방침을 바꿨어. 키요타카의 곁에 있는 건 그야말로 그런 거라고 생각한 것 같아."

“……감사합니다.”

나는 부끄러워하며 머리를 숙였다.

듣고 보니 이 전람회는 홈즈 씨는 나를 완벽하게 백업하면서도 아이디어에 관해서는 전혀 참견하지 않았다. 물론 내가 힌트를 바랄 때는 자신의 생각을 이야기했지만, 그뿐이다.

이렇게 자유롭게 하는 것은 일반적으로 생각하면 불가능하리라.

하지만, 하고 셜리는 팔짱을 꼈다.

“모든 것을 알고 말할게. 수행을 하러 와.”

나는 침을 꿀꺽 삼켰다.

즉시 홈즈 씨 쪽으로 고개를 돌린 그때 그가 내 옆에 서 있는 것을 알았다.

나는 말없이 홈즈 씨를 올려다보았다.

홈즈 씨는 셜리를 앞에 두고 가슴에 손을 얹으며 머리를 숙였다.

“부디 아오이 씨를 잘 부탁드립니다.”

나는 놀라서 눈을 크게 떴다.

홈즈 씨는 당황하는 나를 내려다보고 부드럽게 미소 지었다.

그것은 가끔 보이는 ‘거짓말을 할 때 짓는 미소’가 아니었다.

“홈즈 씨…….”

하지만, 하고 홈즈 씨는 마치 조건을 내밀 듯이 셜리를 보았다.

"저는 그녀가 대학을 졸업하고 나서 가는 편이 좋다고 생각합니다. 지금 일본의 대학에서만 배울 수 있는 많은 것이 있다고 생각하니까요."

또 무리를 하고 있는 건가?

그런 내 시선에 그는 네, 하고 작게 웃었다.

"또 오기를 부리고 있어요. 하지만 본심이기도 해요. 실은 셜리의 기사를 읽고 셜리의 제안을 거절해도 될까, 하고 계속 고민하고 있었어요."

그가 그렇게 고민하고 있었던 것을 나는 조금도 알아차리지 못했다.

"——아오이 씨, 나도 대학원을 마친 후 할아버지가 수행을 떠나라고 했잖아요? 그건 내가 우물 안 개구리가 되지 않기를 바라는 할아버지의 스승으로서의 마음이었을 거예요."

네, 하고 나는 고개를 끄덕였다.

오너는 홈즈 씨가 넓은 시야를 가지기를 바랐다.

"나도 똑같이 생각해요. 전에 신의 모형 정원 이야기를 했는데, 나는 당신이 작은 모형 정원만 알기를 바라지 않아요."

약혼자로서는 한시도 떨어지고 싶지 않지만요, 라며 쓴웃음을 지었다.

그것이 그의 본심인 것이 전해져왔다.

약혼자로서는 쓸쓸하다.

하지만 스승으로서는 내가 넓은 세상——넓은 바다를 알기를 바란다고 생각하고 있다.

나는 셜리 쪽을 보았다.

그녀의 제안은 분에 넘치는 영광이었다.

"감사합니다. 긍정적으로 생각하겠습니다. 그리고 이 사람이 말했듯이 그 이야기는 대학을 졸업하고 나서 받아들여도 될까요?"

그래, 하고 셜리는 기쁜 듯이 웃었다.

"기다리고 있을게. 아멜리와 클로에와 함께."

"나도 기대하고 있을게."

그렇게 말하는 두 사람에게 감사합니다, 하고 나는 깊이 고개를 숙였다.

"그건 그렇고 당신의 스승은 여전히 잘생겼네. 떨어지고 싶지 않은 것도 이해가 가."

후훗, 하고 웃는 셜리의 말에 나는 볼을 붉혔다.

조금 떨어진 곳에서는 리큐가 아키히토 씨에게 "자" 하고 쿠라 노트를 건네고 있었다.

아키히토 씨는 노트를 받고 휘익, 하고 휘파람을 불었다.

"멋있네. 이거 뭐라고 쓴 거야?"

아키히토 씨는 표지로 얼굴을 가까이 대고 푸훗, 하고 웃음을 터뜨렸다.

“이게 뭐야. 홈즈라고 적혀 있잖아!”

“키요 형은 지금의 쿠라의 상징이니까”라고 대꾸하는 리큐.

“확실히 그러네. 지금의 쿠라라 하면 홈즈지. 뭐니 뭐니 해도 그 녀석은 ‘교토의 홈즈’니까.”

아키히토 씨의 목소리는 잘 울려 퍼졌다. 셜리에게도 이야기가 들린 듯했다.

셜리는 멍하니 홈즈 씨를 올려다보았다.

“……당신, 교토의 홈즈라고 불리고 있는 거예요?”

홈즈 씨는 네 뭐, 하고 쓴웃음을 지었다.

“제가 홈즈라고 불리는 건 제 성이 집 가 자에 머리 두 자를 써서 야가시라이기 때문입니다.”

그리고 평소처럼 가슴에 손을 얹고 싱긋 미소 지었다. 누구에게나 여전한 대응을 하는 그의 모습을 보고 우리는 입을 모아 웃었다.

장편 소꿉친구와의 약속

과거 이곳 아다시노는 풍장을 하는 땅이었다.

구카이가 들판에 버려져 있던 유해를 매장하고 공양한 것에서 시작됐다고 한다.

'아다시노(佛野)'는 불교의 말로 '덧없다, 공허하다'라는 의미가 있다.

이 세상에 다시 태어나는 것이나 극락정토를 왕래하기를 바라는 뜻이라고 한다.

그런 아다시노를 사이교 법사는 이렇게 노래했다.

——누구든 영원히 살 수 있겠는가 아다시노 풀잎에 맺힌 흰 이슬처럼 덧없는 것을

그리고 〈츠레즈레구사〉에는 이렇게 적혀 있다.

——아다시노의 이슬은 사라지는 일이 없고 토리베야마산의 연기가 걷히지 않듯이 사람이 이 세상에 계속 산다면 아무래도 정취가 없을 것이다. 이 세상은 무상하기에 대단하다.

이 두 글은 각기 다른 사람이 쓴 것인데도 마치 이어져 있는 것 같다는 생각이 든다.

'사이교 법사'

사람은 누구든 이 세상에서 영원히 살 수 있을까.

아니, 그렇지 않다. 사람은 누구나 삶이 끝나는 법이다.

아다시노의 풀잎마다 맺히는 흰 이슬처럼 덧없는 존재일 것이다.

'츠레즈레구사'

아다시노의 이슬은 사라질 때가 없고 토리베야마산의 연기도 걷힐 일이 없습니다.

그처럼 만약 사람도 이 세상에 영원히 사는 관례가 있다면 정서가 없겠죠. 이 세상은 무상하기 때문에 멋집니다.

두 개를 이으면 이렇게 연결할 수 있다.

'사람은 흰 이슬처럼 덧없고 약한 존재. 하지만 그렇기 때문에 멋지다'

설마 이 내가 이런 해석을 하는 날이 올 줄이야――.

엔쇼는 풋, 하고 얼굴을 펴며 아다시노넨부츠데라의 석불 바다를 바라보고 하늘을 올려다봤다.

태양의 모습은 이미 없고 서쪽 하늘은 오렌지색으로 물들어 있다.

동쪽 하늘에는 백은색 달이 떠 있었다.

겨울의 일몰은 이르다. 이제 곧 여기도 문을 닫으리라.

처음 이곳을 찾은 건 언제일까, 하고 엔쇼는 눈을 가늘게 떴다.

"맞다, 아버지가 죽은 뒤다."

아버지는 엔쇼가 집을 비웠을 때 급성 알코올중독으로 죽었다.

그 사실은 아버지가 죽고 두 달이나 지났을 때 알았다.

아버지의 죽음은 우연히 집세를 받으러 집을 찾은 집주인이 발견했다. 아버지는 장례도 치르지 않고 공동묘지에 매장됐다.

그 이야기를 들었을 때 '그랬구먼'이라는 말밖에 나오지 않았다.

'폐를 많이 끼쳐서 참말로 죄송합니데이.'

집주인에게 사과한 후 아버지의 유품을 처분하기 시작했다.

대부분은 쓰레기뿐이었다. 그림 도구도 이미 쓸 수 없어서 주저 없이 버렸다.

하지만 아버지가 계속 소중히 여겼던 그림붓만은 버릴 수 없었다.

아버지 몸의 일부, 영혼의 파편처럼 느꼈기 때문이다.

아버지를 연모했던 건 아니다. 내게 잔뜩 고생을 시켰다.

하지만 아버지는 어머니와 달리 나를 버리지 않았다.

나는 그런 아버지에게 만족스럽게 조의를 표하지 못했다.

적어도 이 붓만은 좋은 곳에 묻어주자. 이른바 마음의 묘지다.

그렇게 생각하고 여러 묘지를 둘러봤다.

하지만 끌리는 묘지가 없어서 이대로 좋은 곳이 도저히 보이지 않는다면 아버지가 애태우던 아시야의 묘지에 묻어야겠다고 생각하기 시작했던 무렵이다.

이 아다시노넨부츠데라를 발견한 것은——.

'사이노카와라'라고 불리는 작은 무덤의 바다.

세상 끝 땅을 연상시키는 이곳에 발을 들인 순간 왠지 눈물이 흘러 떨어졌다.

아버지의 무덤은 이곳밖에 없다고 생각했다.

"하지만 사실은 아시야가 나았으려나."

뭐니 뭐니 해도 '아시야 타이세이'라고 아호를 붙였을 정도다.

참말로 되도 않는 이름이데이, 하고 엔쇼는 쓴웃음을 지었다.

"미안하데이, 아버지. 역시 내는 아시야는 좋지가 않다."

그렇게 말하고 얼굴을 들었다.

방금 전까지 오렌지색이었던 하늘은 파랗게 물들어 있었다.

상당히 춥다고 생각했는데 하얀 것이 떨어지고 있었다.

"어지간히 춥다 했더니 눈이 내리는구먼."

오늘 밤은 크리스마스이브.

야가시라 저택에서는 전람회의 성공을 축하하는 파티가 열리고 있다.

지금쯤 이 눈을 보고 회장은 달아오르고 있을까?

내가 그곳에 없는 쓸쓸함은 느끼지 않는다.

나를 위해 열린 파티에 참석하지 않아도 나름대로 마음은 채워져 있다.

참석했다가 불편함을 느끼는 것보다 훨씬 쾌적하다.

엔쇼가 그런 생각을 하고 있는데 뒤에서 발소리가 났다.

이제 문을 닫을 시간이라 경내에서 나가라고 절의 사람이 말하러 온 걸까?

몸을 돌리고 엔쇼는 입을 다물었다.

유키가 수줍어하며 묵례를 했다.

"신야 형."

"유키……. 파티는?"

"얼굴은 비쳤어. 하지만 신야 형이 없잖아."

"데리러 온 거가?"

엔쇼가 그렇게 묻자 설마, 하고 유키는 고개를 저었다.

"모처럼이니까 뒤풀이를 하고 싶어서."

그렇게 말하고 손에 들고 있는 편의점 봉지를 들었다.

안에는 캔 맥주와 안주 등이 들어 있는 듯했다.

엔쇼는 작게 웃고 그러네, 하고 고개를 끄덕였다.

이상한 인연으로 유키와 엮였다.

"그라믄 근처에 집이 있다."

"어? 집이라니?"

"아틀리에용으로 빌린 집이다. 하지만 최근에는 내버려뒀으니까 먼지가 엄청 많겠지만."

"전혀 상관없어. 그러면 청소할게."

엔쇼가 걸음을 내걷자 유키는 튕겨나듯이 따라왔다.

"아틀리에용 집을 빌리다니, 대단하네."

유키는 볼을 살짝 붉히면서 입에서 하얀 김을 내며 오도카니 말했다.

"뭐고, 착각하고 있는 거 아이가."

"어? 아냐, 그럴 리가. 집으로 불러 달랬다고 해서 착각하다니."

유키는 당황한 듯이 고개를 저었다.

"……그게 아이라."

엔쇼는 낡은 2층 연립주택의 앞에서 걸음을 멈췄다.

외부 계단은 녹이 슬어서 당장이라도 부서질 것 같았다.

"아틀리에는 여기데이."

"아……."

유키는 멍하니 연립주택을 올려다봤다.

"분명 좋은 느낌의 아틀리에를 상상하고 있었제?"

유키는 솔직하게 응, 하고 고개를 끄덕이고 작게 웃었다.

"하지만 신야 형다워."

"나다운 게 뭔데?"

"그야 여기는 마치 우리가 살던 연립주택 같으니까."

참말이데이, 하고 엔쇼도 웃고 외부 계단을 올라갔다.

유키도 바로 뒤를 따라왔다. 녹슨 철 계단에서는 탕탕, 하고 소리가 울렸다.

문을 열고 집 안으로 발을 들이자 어두컴컴한 실내에서 먼지와 그림물감에 곰팡이가 핀 듯한 냄새가 나고 있었다.

"좀 그리운 냄새야."

"이 곰팡내가?"

"그림물감 냄새야. 일단 창문을 열어 환기할게."

유키는 그렇게 말하고 가방과 편의점 봉지를 바닥에 놓고 창문을 열었다.

창문에서 현관문을 향해 강한 바람이 불어 들어왔다. 정체되어 있던 공기가 단숨에 바뀐 것 같았다.

"추워."

먼지와 냄새는 상당히 사라졌지만 대신 집은 추워졌다.

집을 따듯하게 하려고 에어컨의 스위치를 켰지만 작동하지 않았고, 그뿐 아니라 조명조차 켜지지 않았다.

안 된데이, 하고 엔쇼는 작게 웃었다.

"그러고 보니 집세만 냈지 전기 요금은 안 냈데이."

앗, 하고 유키는 눈을 빛내며 가방 안으로 손을 넣었다.

"그러면 마침 잘 됐다. 이걸 쓰자."

안에서 나온 건 고베 키리코의 작품인 램프였다.

"이거 양초를 쓰는 타입이거든. 초랑 라이터도 가지고 있어."

그렇게 말하고 유키는 초에 불을 붙여 램프 안에 넣었다.

"그런 걸 가지고 다니는 거가."

"설마. 이건 형한테 줄 크리스마스 선물이었어."

유키는 어깨를 으쓱거리며 웃었다.

그 말에 엔쇼는 다시 랜턴으로 시선을 떨어뜨렸다.

빨강을 바탕으로 한 이국적인 문양이다.

"크리스마스라서 빨간색이가?"

유키는 거기에 대해 대답하지 않고 편의점 봉투에서 캔 맥주와 안주를 꺼냈다.

"뭐, 그것보다 건배하자. 이것저것 사왔어."

"고맙데이."

두 사람은 맥주를 들고 건배, 하고 캔을 맞댔다. 테이블 위에는 과자 몇 종류, 치즈, 땅콩, 그리고 타코야키와 푸딩이 있었다.

엔쇼는 어깨를 부르르 떨었다.

"여전히 타코야키랑 푸딩을 좋아한데이."

"응. 보면 그만 사고 말아. 타코야키는 형이 자주 줬고, 푸딩은 형이 만들어준 게 제일 맛있었으니까."

"또 그런 옛날 얘기 한다."

그러네, 하고 유키는 웃었다.

잠시 담소를 나누자 어느새 테이블에 빈 캔이 늘어났다.

테이블 위에 놓인 스마트폰에서 라디오 소리가 조용히 흐르고 있었다.

BGM 대신 유키가 센스를 발휘한 것이다.

이브인 오늘 밤은 크리스마스 노래 요청이 많았다.

지금까지 몇 번이나 들은 대중적인 크리스마스 노래를 들으면서 유키는 테이블 위의 랜턴으로 시선을 향했다. 그리고 혼잣말처럼 중얼거렸다.

"사실 처음에는 형을 데리러 갈 생각이 가득했어. 파티의 주역을 데리고 와야 한다는 마음이었는데 도중에 정신이 들었어. 형은 내가 부르러 가도 오지 않을 거라고. 그렇다면 같이 술을 마시면 좋겠다고 생각해서 편의점에 들어갔어."

"'내가 부르러 가도'라니, 그라믄 누구면 내가 참석할 것 같노?"

으음, 하고 유키는 허공으로 시선을 향했다.

"그건 역시 야가시라 씨이려나. 그 사람은 왠지 최강이야. 그날도 설마 형을 데려올 줄은 몰랐거든."

엔쇼는 겸연쩍은 표정을 숨기듯이 맥주를 입으로 가져갔다.

"그건 사람이 아이다. 사람의 모습을 한 악마다."

유키는 말도 안 돼, 하고 웃음을 터뜨렸다.

조금 웃고 진지한 표정을 보였다.

"그리고 아오이 씨야. 형을 움직일 수 있는 사람."

엔쇼는 헛기침을 했다.

"저기……. 전에 형이 말했던 신경 쓰이는 여자는 아오이 씨지?"

"무슨 소리가?"

엔쇼는 일부러 시치미를 뗐다.

"아오이 씨에게 형의 이미지는 '깊은 숲속'이라고 들었을 때 좀 놀랐어. 그리고 무서웠어. 정말 깊은 숲속에 있는 형의 모습이 머리에 떠올랐으니까……."

유키는 혼잣말처럼 말하고 턱을 괴었다.

"그래서 경쟁했어."

"뭘 경쟁했는데?"

이거, 하고 유키는 랜턴으로 시선을 떨어뜨렸다.

"내가 형을 이미지한 디자인이야."

"빨간색——말이제?"

"그래. 빨강은 히어로의 색이잖아."

히어로라니, 라며 엔쇼는 웃었지만 유키는 "하지만" 하고 애달프게 눈을 가늘게 떴다.

"디자인을 그리면서 생각했어. '이건 내가 신야 형에게 품고 있는 이미지가 아니라 내 마음이구나'라고."

붉은 램프 안에서는 촛불이 흔들리고 있었다.

그것은 마치 마음속에 숨겨진 불꽃 같았다.

"형한테는 내 마음이 전해졌지?"

유키는 엔쇼를 똑바로 응시했다.

"…………."

엔쇼는 계속 유키를 친동생처럼 생각해왔다.

유일하게 보호하고 싶은 가족이었다.

하지만 유키는 그렇지 않았다. 계속 자신에게 특별한 감정을 품어왔다.

하모, 하고 엔쇼는 고개를 끄덕였다.

사실은 랜턴을 봤을 때부터…… 아니, 훨씬 전부터 유키의 마음은 전해졌다.

눈치채지 못한 척을 하는 게 유키를 위한 일이라고 생각했다.

하지만 그것이 가엾어서 만나기를 피했던 것도 사실이다.

이렇게 직접 부딪쳐온 것은 좋은 기회였다.

"하지만 응할 수 없다. 나는……."

내한테 진짜 가족이니까.

그렇게 이어 말할 새도 없이 유키는 눈에 눈물을 글썽이며 가로막았다.

"고마워. 사실은 알고 있었어. 그런데 가끔 기대할 때도 있어서 괴로웠지만 이로써 확실해져서 다행이야."

유키는 웃으며 그렇게 말했다.

"내는……."

"응?"

"니가 무리해서 웃는 얼굴을 보고 싶지 않았다. 니는 옛날부터 괴로운 마음을 억누르며 웃음을 짓는 애였다 아이가. 그래서 내가 그런 얼굴을 하게 만드는 건 싫었다."

엔쇼는 시선을 돌리고 조용히 그렇게 중얼거렸다.

"……신야 형."

"전에 홈즈 씨한테 아오이를 세뇌했다며 화를 낸 적이 있다. 그런 말이 나온 건 내 자신이 그렇게 해왔기 때문이다. 내는 보잘 것 없는 인간이라서 세상에서 단 한 사람이 끝까지 따르게 만들고 싶다고 생각했다. 그래서 내는 모르는 새 니의 마음을 지배했다……. 내를 좋아하도록 만들었다고 생각한다."

그러고서 마음에 응할 수 없다고 했다.

나는 키요타카를 조금도 비난할 수 없다.

그 남자는 자신이 좋아하는 여자에게 수단을 가리지 않았을 뿐이다.

"참말로 미안하데이."

엔쇼가 머리를 숙이자 유키는 못 말리겠다는 기색으로 어깨를 으쓱거렸다.

"무시하고 있네. 내 마음이 세뇌라니."

그 말에 아무 대답도 하지 못하고 엔쇼는 입을 다물었다.

"저기, 신야 형."

응? 하고 엔쇼는 얼굴을 들었다.

"나는 이래봬도 아주 용기를 내서 마음을 전했어. 거절당한다는 것도 알고 있었고. 하지만 전하지 않으면 앞으로 나아갈 수 없다고 생각했어. 역시 거절당했지만 후회는 안 해. 부딪쳐서 다행이라고 생각해. 그러니까 형도……."

"내도?"

"도망치지 말고 좋아하는 사람――아오이 씨한테 제대로 마음을 전하기를 바라."

조용히 유키가 중얼거리자 엔쇼는 눈을 크게 떴다.

라디오에서 메리 크리스마스, 라는 밝은 목소리가 들렸다.

창밖에서는 지금도 눈이 흩날리고 있다.

오랜만에 소꿉친구와 느긋하게 이야기한 고요한 크리스마스이브였다.

번외편 두 사람의 크리스마스

——12월 25일.

"결국 이브는 단둘이 보내지 못했네요."

홈즈 씨는 휴우, 하고 아쉬운 듯이 한숨을 토하고 야가시라 저택 2층의 거실 소파에 앉았다.

우리는 어젯밤 파티 회장이었던 야가시라 저택 홀의 뒷정리를 막 마쳤다.

교토더의 멤버도 도와주러 와 정리가 생각보다 빨리 끝나서 그들을 보내고 한숨을 돌리고 있는 차였다.

파티의 다음 날이어서 오늘만큼은 전람회도 쉰다.

지금 야가시라 저택의 거실에는 우리 이외에 아무도 없다.

테이블 위에는 홈즈 씨가 타준 핫 와인이 있다. 금색으로 테두리를 친 고베 키리코의 유리 머그컵 안에 레드 와인, 둥글게 자른 오렌지와 레몬, 꿀에 사과, 정향, 시나몬 스틱이 들어 있다. 감도는 좋은 향기에 내 볼이 누그러들었다.

"크리스마스 선물도 금지당했고요."

홈즈 씨는 그렇게 이어 말하고 희미하게 입을 삐죽였다.

그렇다, 방심하면 그는 비싼 물건을 주기 때문에 이번에는 같은 물건——만년필을 주고받기로 했다.

내게는 진남색 만년필.

이것은 내가 고른 것으로, 내 마음속 홈즈 씨의 이미지 컬러다.

몸체에는 내 이름이 아니라 'Kiyotaka. Y'라고 홈즈 씨의 이름이 들어가 있다.

홈즈 씨의 만년필에는 진홍색으로 'Aoi. M'이라고 내 이름이 들어가 있다.

서로에게 상대의 이름을 넣은 것은 두 사람이 함께 있을 수 없을 때는 만년필을 보고 생각하자는 이유인, 그야말로 낯이 뜨거워지는 커플의 전형이다.

자각은 하고 있지만 펜을 볼 때마다 웃음이 나온다.

그 만년필을 써서 쿠라 노트에 뭔가 적는 것도 기대돼서 나는 아주 기뻐했지만 그로서는 역시 부족했을지도 모른다.

"홈즈 씨는 만년필이 불만이에요?"

그렇게 묻자 그는 눈을 크게 뜨고 힘차게 고개를 저었다.

"불만일 리가요. 늘 가슴 주머니에 넣고 행복을 느끼고 있어요."

다행이라며 나는 손을 모았다.

"당신이 뉴욕에 가면 이 만년필을 품고 잘 거예요."

그런 말을 하는 그를 보며 나는 미안해져서 쓴웃음을 지었다.

"저기, 죄송해요. 셜리의 제안을 한 번은 거절했는데요."

아니라며 홈즈 씨는 고개를 저었다.

"내 마음은 그때 전한 대로예요. 그리고……."

"그리고?"

"나도 조만간 새로운 일로 자주 뉴욕에 가게 될 거예요. 그러니 당신이 생각하는 이상으로 자주 만날 거예요."

"새로운 일이라니요?"

"에이전트예요."

홈즈 씨는 씩 웃고 나를 보았다. 영문을 알 수 없어서 "에이전트?" 하고 고개를 갸웃거리자 하지만, 하고 홈즈 씨는 팔짱을 꼈다.

"지금부터 보낼 둘의 시간이 귀중한 건 변함없어요. 나는 이브에 둘의 시간을 갖지 못한 게 아쉬워요……."

홈즈 씨는 거기까지 말하고 갑자기 우스워졌는지 입가를 끌어올렸다.

"왜 그러세요?"

"아니요, 보통은 여성이 이런 일로 실망하지 않나 생각해서요."

"아, 확실히 그러네요."

"내 약혼자는 가끔 쿨하니까요."

그럴 리가요, 하고 나는 고개를 저었다.

"이브에는 다 같이 파티를 했지만 크리스마스는 오늘이에요. 그리고 지금은 단둘이 있잖아요."

크리스마스라 하면 아무래도 이브가 분위기가 달아오르는 경우가 많지만 진짜는 25일이다.

그런 마음으로 내가 말하자 홈즈 씨는 내 허리에 손을 두르고 살짝 강하게 몸을 끌어당겼다.

"그러네요. 지금은 둘이 있네요."

귓가에서 살며시 속삭여서 나도 모르게 몸이 움찔 떨렸다.

"그건 그렇고 아오이 씨도 대담하네요. 설마 이런 곳에서."

살짝 즐거운 듯이 말하고 홈즈 씨는 싱긋 미소 지었다.

나는 눈을 깜빡였다.

"대담하다니, 저기, 그럴 생각으로 말한 게 아닌데요……."

"하지만 방금 한 '지금은 단둘이잖아요'에 이어질 말은 '잔뜩 사랑을 나눠요'라고 생각하는데, 아닌가요?"

"저기."

그런 말을 들으면, 그렇다.

"그러니 키요타카는 직진할게요."

홈즈 씨는 얼굴을 묻듯이 내게 꼭 안겼다.

"저기, 홈즈 씨."

"혹시 싫은가요……?"

그는 가만히 나를 올려다보고 강아지 같은 눈으로 물었다.

얼굴을 빤히 들여다보아서 내 볼이 달아올랐다.

나는 싫지 않아요……, 라고 작은 목소리로 대답했다.

그 뒤의 일은 두 사람만의 비밀인 것으로——.

작가의 말

후편을 전해드리기까지 시간이 조금 걸려서 죄송합니다.

이런 사과하는 글부터 시작했지만 항상 애독해주셔서 감사합니다, 모치즈키 마이입니다.

시리즈도 17권. 6.5권도 포함하면 18권입니다.

이번 권은 일단 일단락을 짓는 전개로 하자! 고 분발하며 썼습니다.

넣고 싶은 것, 그리고 싶은 것이 잔뜩 있어서 전후편이 되었고, 특히 후편은 스토리나 흐름은 정해져 있었지만, 정리를 하다보니 시간이 걸렸습니다.

그리하여 이번 권은 완결 같은 전개가 되었는데, 사실 지금까지도 몇 번 완결 같은 전개를 썼습니다.

7권에서 나온 엔쇼와의 결착, 10권에서 두 사람이 맺어졌고, 14권에서는 아오이가 헤맨 뒤에 대답을 냅니다. 저는 그때마다 진심으로 완결을 내기 위해 글을 썼습니다.

감사하게도 그 뒤에도 속편을 써달라는 목소리와 의뢰가 있었고, 물론 저 자신도 속편을 쓰고 싶어져서 오늘에 이르렀습니다.

제게는 한번 완결된 듯한 전개로 쓰지 않으면, 즉 한번 끝장을 보지 않으면 다음으로 나아갈 수 없는 면이 있는 것 같습니다.

이번에도 완결 같은 전개가 펼쳐졌지만 담당자님께서 속편을 써달라고 말씀하셨고, 저 자신에게도 아직 교토 홈즈의 세계에 손대고 싶은 마음이 있습니다. 허락하신다면 뒷이야기도 좀 더 쓰고 싶습니다. 그러니 앞으로도 부디 마이페이스를 관대하게 봐주시기를 부탁드립니다.

마지막의 번외편은 여러분에 대한 감사를 담은 '덤'이었습니다. 조금 달콤한 두 사람이지만 크리스마스 에피소드이니 너그럽게 봐주시면 기쁘겠습니다.

이번 권도 이 자리를 빌려 감사를 드리겠습니다.

저와 본 작품을 둘러싼 모든 인연에 진심으로 감사 인사를 드립니다.

정말 감사합니다.

모치즈키 마이

교토탐정 홈즈 17 ~견습 큐레이터의 건투와 망설임의 숲/후편~

2022년 02월 25일 1판 1쇄 발행

원　　작 모치즈키 마이
일러스트 야마우치시즈
옮 긴 이 신동민
발 행 인 유재옥
본 부 장 조병권
담당편집 김혜연
편 집 1 팀 이준환 김혜연 박소연
편 집 2 팀 정영길 조찬희 박치우
편 집 3 팀 오준영 곽혜민 이해빈
디 자 인 김보라 박민솔
라 이 츠 한주원 이승희
디 지 털 박상섭 이성호 최서윤 김지연
발 행 처 (주)소미미디어
등　　록 제2015-000008호
주　　소 서울시 마포구 토정로 222, 403호(신수동, 한국출판콘텐츠센터)
판　　매 (주)소미미디어
제 작 처 코리아피앤피
영　　업 박종욱
마 케 팅 한민지 최정연 김보미
물　　류 허석용 백철기
외부스태프 김다솜
전　　화 편집부 (070)4253-9250, (070)4164-3960 기획실 (02)567-3388
판매 및 마케팅 (070)4165-6888, Fax (02)322-7665

ISBN 979-11-384-0756-4 04830
ISBN 979-11-6190-606-5 (세트)

KYOTO TERAMACHISANJO NO HOLMES 17
-MINARAI CURATOR NO KENTOU TO MAYOI NO MORI / KOUHEN-

©Mai Mochizuki 2021
All rights reserved.
Original Japanese edition published in Japan in 2021 by Futabasha Publishers Ltd., Tokyo.
Republic of Korean version published by Somy Media, Inc.
Under licence from Futabasha Publishers Ltd.